在 我 們

忘 記 之 前

book of His Story｜簡志民

Middle —————— 著

在　我　們
忘　記　之　前

序

常常，我們在短訊裡，
與對方有過許多快樂的對話，
一同交換了多少早安、晚安、問好與關心，
但到最後你還是無法確定，
在那些文字與笑臉裡，其實真有過多少喜歡。

常常，我們在臉書裡，
寫下多少似是日記的段落，
想要讓某人明白自己的心情，
但最後始終得不到半點關注或回應，
然後那些認真，被更多的文字與分享所掩蓋沖淡。

常常，我們都會期盼，
可以與對方繼續見面、説話、走得更近，
但對方又會忽然斷絕往來、已讀不回，
明明昨天還説最喜歡你的笑臉，
這天他卻寧願與別人談笑、之後都沒有再回來。

常常，我們都會亂想，
以後不要再想、不再見面、不會再心軟，
但有多少夜深，自己還是會想得太多，
又有多少次，因為收到對方的一個短訊或來電，
結果讓自己又再變得不能自拔。

常常，我們都會希望，
有天可以與對方真正心意互通，
但我們試過努力溝通，用過許多文字與笑臉，
盼能夠向對方表達自己的想法與感受，
可惜沒能得到對方的明白，有時甚至反而換來更多的誤解。

常常，我們都會後悔，
如果當時自己有踏前一步、勇敢一點，
不那麼執著或幼稚，最後的結局是否就會不再一樣，
只是自己的勇氣、決心與初衷，
卻又在不斷的猶豫後悔中，變得愈來愈小。

常常，我們想要忘記，
但多少夜深，我們一邊如此許願，
一邊看著手機或臉書，一直滑一直滑，
最後沒有忘記多少，
反而更加懷念曾經有過的那些笑臉。

常常，我們想要祝福，
希望對方這天會更開心、幸福，
希望自己可以放開對方、放過自己，
但最後還是沖淡不了自己內心的盼望，
你學得懂不要再勉強追求，卻始終學不到如何放棄。

常常，我們自以為了解，
但原來只是自己太過先入為主、鑽牛角尖，
然後又總會在錯失後才恍然大悟，但是已經不可再追。

常常，我們自以為看淡，
但淡到盡處，你還是一樣會介意，
只是你不會表現出來、愈來愈懂得對人裝作淡然而已。

常常，我們會舊地重遊，
為的不是要再遇到許久不見的某人，
而是希望找回自己失落了的快樂、單純與勇氣。

常常，我們會突然安靜，
不是因為傷口還在隱隱作痛，
而是想起，原來自己已經很久沒有想起某人，

原來，自己還是沒有真正忘記。

《在我們忘記之前》，
是一個關於簡志民與阮珮琪的故事。
他與她，由原本不認識、不相熟，
然後漸漸變得相知相交、相親相近，
不完全明白了解對方，
但會思念、關心、相信彼此，
又會為對方執著、苦笑、不忿、想得太多。
在尚未一起的世界裡，
用自己的角度，
努力去學習、成長、與對方靠近；
用自己的智慧，
嘗試去看開、放下、讓自己忘記……
就像平常人都曾有過的故事。
但我還是希望能夠藉著他們的故事及這種方式，
來寫下大家曾有過的心情、煩惱、未成熟以及不安。
兩個人交往，最理想是可以面對面交心，
將自己有過的幼稚與亂想，盡付笑談中；
然而事實上未必有太多人可以如此幸運，
往往只能獨自看回以前的臉書與短訊，
在一年前的對話中找到對方的笑臉、尋回勇氣，
卻又在兩年前的相片裡迷失於對方的心意、想得更多，
然後，又想念了多一遍、再多一遍，
都不能得到對方確認的答案，
都未可明白對方有過的心事……

你也曾經試過這樣嗎？
希望他與她的這個故事，
能夠為你解答某些還藏在心裡的問號，
在哪天忘記之前，陪你再一起尋找失落的勇氣。

Middle

His Story

簡 志 民

9月11日　星期二

有時，會對很多事情都感到乏力。

工作有意義嗎？
還不是為了微薄的薪水；
努力有意義嗎，
最後只有徒勞無功。

在這世上真有什麼事情需要自己嗎？
也許有許多東西你都有你的責任，
但是不會找到自己生活過的熱度。

累了，就早點去睡吧，
醒了，就繼續生活吧，
偶爾因為感動，而向著一個個理想前進，
繼續重複、模仿得更好，
最後卻未必真可以讓什麼昇華，
反而累積了更多渺小與苦笑。

9月15日　星期六

這夜和以前的舊同事去了 KTV。
他們說是為了補祝我和另一個同事的生日。
其實我的生日已過了很久，
大家也只是想找個藉口約出來見面吧。
有誰真的還清楚記得對方是幾號生日？
我想自己還是不應該去問。

唱生日歌、吹蠟燭、拍拍照、切蛋糕，
然後就各自唱歌玩耍，就跟上一次聚會一樣。

其實這種聚會是相當累人的，因為每次出來，
大家彷彿都是在將臉書裡會對人展現的快樂自在，
再重新真人表現一次而已；
但大家會真正嘗試去聆聽一下對方有過的煩惱、
正在遇著的問題嗎？

又也許，大家都已經太習慣假裝堅強獨立，
不是沒有人願意去聽人家的苦水，
而是根本沒有人願意去坦白自己。

「很悶嗎？」

沒有和別人唱歌去玩的阿十問我。
我微笑搖頭，望向電視螢幕，不想被她看穿我的想法。

阿十是我離開舊公司後、來接替我職位的一位女生，
過去聚會，我很少和她單獨交談，
因為不熟，而且聽說她本身已有男朋友。
但沒想過反而在這一晚，她竟然會主動來跟我攀談。

「你是在 8 月 20 日生日嗎？」
「咦，你為什麼會知道？」我有點呆住。
「和朋友慶祝生日，知道對方的生日日期，是基本禮儀呀。」她笑。
「哦，是嗎，謝謝你知道。」
「不過也不好意思，過了這麼久才和你慶祝。」
「其實沒關係，大家有心就好。」
「唔……不如這樣吧，」她看一看我，然後展露笑顏說：「生日快樂！」
「……剛才不是說了嗎？為什麼忽然又再說生日快樂？」
「這是為下一年而說的呀。」
「下一年？」
「現在我就是第一個和明年的你說生日快樂的人了。」

我看著她狡黠的笑臉，不懂反應。
直至後來她為了聽電話而離開房間，我才終於想起……

自己原來從沒有真正認識過阿十這個人。

9 月 17 日　星期一

晚上收到了阿十的臉書交友邀請。

之前偶爾在舊同事的臉書裡，
見過她的留言和讚好，
但一直都沒有去加她做臉書朋友的意欲。
其實早兩天，我也有想過去發送交友邀請，
只是當看到她公開的照片裡，
大部分都有著她男朋友的身影，
最後我就決定打消了念頭。

想想，如果她也想加我，
應該早就加了……
只是沒想到，這夜會真的收到她的邀請。

9 月 18 日　星期二

原來她提出交友邀請，
是為了想 tag 我上那晚拍的照片……
然後我才發現，原來自己已經很久沒有和別人合照了。

9 月 19 日　　星期三

阿十傳來訊息問，有沒有看到她 tag 的照片。
我說有看到呀。
然後她又問，為什麼沒有按讚。
我說平時沒習慣去按讚。
接著她說，互相按讚才是真正朋友的表現呀。
我說，請對方吃飯才是真正友好的表現。
之後她就爆笑了，
最後我在每一張相片按了讚。

9 月 20 日　　星期四

有一種久違的感覺在默默蔓延。

9 月 22 日　　星期六

有時知道自己是想得太多，
可惜還是會不能自拔地想得更多。
其實只是沒有回覆，
卻可以將小小的不安無限延伸，
以為別人不想理會，
以為自己不值得被別人重視，
以為之前發生過的只不過是一次幻象，
以為從此以後都不會再有半點往來……

其實明明知道是自己想得太多。
回頭想，會讓自己想得太多的人，
又有多少個？
能夠讓自己不再多想的人，又有多少。

9 月 23 日　　星期日

最後還是收到她的回覆。
原來昨天她是在看電影。
其實也是的，難得假期，
為什麼還會自己一個人留在家裡呢？

9 月 26 日　　星期三

有時候，想念一個人，
不一定要傳她短訊，或給她電話。
可能就只會去做她正在做的事，
或到她也可能會去的地方，
即使最後還是未必遇得見她，
即使原來她此刻見著自己不認識的人、
在做自己不可能會知道的事情。

每一個人都是憑自己的想像或猜想，
來想念另一個人吧，
就算明知並不真實，最後也未必會有任何結果。

9月29日　星期六

與子杰談起阿十，
他問我是不是喜歡了她。
我不知如何回答。
他說阿十是和男朋友兩人同居，
已經一起了很多年，
喜歡化妝、購物、看韓劇，
不喜歡經常講道理的人。
其實我沒有問子杰這些事情，
但心裡還是十分感謝他的好意。

10月1日　星期一

這天晚上和阿十在臉書談了很多。
最初是她傳訊息過來，
原本打算出外吃晚飯，但與她聊著聊著，
結果連飯都忘記去吃了。

她說，她喜歡我在臉書裡畫的插畫。
我有點意外，因為那些插畫都被我放在相簿裡，
不點進相集是不會看到的。
我問她最喜歡哪一幅插畫，
怎知她說最喜歡我設定為個人檔案那一幅……
那一幅畫的主題是日落黃昏，
是某天我心血來潮用 Corel Painter 畫的。
一直以來其他朋友都以為那是照片，
她卻一眼看出那是一幅畫。
問她為什麼會覺得那是畫，
她沒有回答，就只是說最喜歡這一幅畫。

最後和她談到了凌晨一時，
我才想起肚子餓，在廚房的冰箱裡找來一排巧克力充飢。

10月2日　星期二

這天阿十問我，
為什麼喜歡畫插畫。
我說沒有為什麼，只是打發時間吧。
她卻說不覺得是這樣，
每一個人開始去繪畫或寫作，
最初都應該有一個明確的動機、
或是想要去表達些什麼。

其實……
最初會畫畫，是因為得到別人的稱讚，
然後每畫一幅，就再得到那人的讚賞，
然後……漸漸那人都不會再來稱讚，
但我仍然是繼續去畫；
到最後我跟那人已經不再往來，
畫畫卻已變成了我的習慣、生活。

有時對你來說很重要的事情，
也許就只是因為別人一句不重要的話而起，
他永遠不會知道原來曾經影響你很多很多，
你向他感謝或回報，他卻未必會有太多在乎。

10月3日　星期三

因為阿十的話，
這天晚上我一個人去了月華街。

以前常常會去，因為這是送詠思回家的必經之路。

16

以前，其實也是沒多久的以前。
再上一次來，是去年她的生日。
再再上一次，是她前年的生日。
再再再上一次……

「你為什麼不可以更加關心我？」
「你又是我的誰呢，我已經不是你的女朋友了。」

走在沒有太多變化的街上，
寧靜，樹木的氣味，
昏黃的街燈，晚飯後出來散步的路人，
終於回家的汽車聲。

以前會很享受這樣的氣氛，
每次重遊，都希望在這些事物裡，
尋找回屬於以前的人與記憶，
希望會再偶遇到曾經失去的笑臉，
聽到那一聲再見。
只是每次自己回到家裡，
都會叫自己明年不要再繼續沉溺。

其實這一年她的生日早已經過去了，
其實我是開始學會了放下她這個人吧。
我已經不會再第一眼就找得到，
她住在大廈的第幾層、哪盞燈火是屬於她家，
也已經不會再像以前站在遠街的暗處，
想要見到她，但不想讓她看見，
等著她回來，卻始終都等不到。
其實……

這一次是真正的道別。
雖然就只有一個人知道，只有我自己是如此認為。
再見，不要再見。

祝好。

10月4日　星期四

看到阿十在臉書按讚了《復仇者聯盟》最近上映的新電影，
於是鼓起勇氣去問她，不如星期六一起去看；
她一直都沒有回應，雖然訊息已讀⋯⋯
我知道自己是問得很唐突，
只是也不敢再去追問她的答案。
幸好，最後她終於回覆了，
說她也想看，星期六一起去看。

10月6日　星期六

只是到最後，還是沒法和她一起去看這電影。

10月8日　星期一

自那次之後，和她在臉書沒有再談話。
其實也不是小器。
那天她家裡突然有事，不能外出，
她也有預先通知我，已經很有交代。

只是讓原本的期待變成一盆冷水而已。

不應該怪她。
只是又會更加責怪自己，為什麼會去期望太多。

沒有期望，就沒有失望。

我一直努力叫自己不要期望。
但原來沒有期望，也是可以有太多失望。

10月9日　星期二

然後這天，
看見她在臉書貼了一張新照片。
相片裡的她，牽著男朋友的手。
應該是上星期天一起出外遊玩時的合照。

我明白的。我應該明白。

10月12日　星期五

晚上忽然接到詠思的電話。

看見螢幕的來電顯示時，我還是不太敢相信。

「你好嗎？」
「哈哈，你這樣問，讓我覺得很奇怪。」

想不到闊別三年的開場白，竟然是這樣。

「還記得我嗎？」
「我沒有失憶。」
「會不會打擾到你？」
「不會，有什麼事嗎？」
「沒什麼……只是突然想起你。」

以前，有好幾次，
因為她心血來潮的突然想起，
而打亂了原本想做的事情，甚至原本要走的方向……
曾經會害怕，她何時會因為又突然想起什麼，
而竟然會打電話給自己，但之後又會忽然遠走。

但當這次她真的打電話來了，
曾經有過的期待卻早已煙消雲散，
想不到自己竟然可以用平常的語氣與態度，
和她聊聊近況，甚至說上了一個多小時的電話，
知道她換工作了，知道她仍然住在月華街，
知道她去年曾去了想去的法國旅行，
知道她現在沒有男朋友……
最後她問我，可不可以加回她的臉書。
我心裡苦笑，想起，
以前是她將我的臉書封鎖，
現在她終於將我從封鎖名單裡解放出來了嗎？

10 月 14 日　　星期日

詠思傳來短訊問，看了《復仇者聯盟》沒有……
如果沒有，不如一起看……

有時世事就是如此奇妙。
但我還是很想苦笑一下，來表達心裡的無奈。

10 月 16 日　　星期二

這天和詠思看了《復仇者聯盟》。
電影還好，都是意料之內的劇情。
散場後和她去了附近的餐廳吃飯。

我問她，為什麼約我去看電影。
她說見我在臉書分享過電影的宣傳海報，
所以才來問我。
我心裡呆了一下，有點似曾相識的感覺。

她反問我，原本你是打算和誰一起去看？
我說沒有，不想跟她解釋太多。
後來吃完晚飯，我送她到車站，
她說月華街變了很多，
例如以前我們常去的小公園，
鞦韆已經被拆下來了；
屋邨下賣冰棒的小店，也已經沒有再經營下去。
我心裡有點意外，自己竟然沒有留意到這些小節，
也許我一直記著的，只是當年我所重視的自己，
念念不忘，卻不曾在意很多事情原來早已改變。

10 月 17 日　星期三

詠思在臉書貼了昨天的電影票票根，
tag 了我的名字，說電影很好看。
然後又傳來訊息說謝謝我陪她看電影。
心裡卻沒有太踏實的感覺。
原本想移走她的 tag，
但想想，其實又有什麼關係，
最後還是沒有將它們移走。

10 月 19 日　星期五

阿十忽然在訊息裡問，
為什麼最近都沒有畫插畫。

其實是有畫，只是不想讓她知道而已。

她又問，最後有沒有去看《復仇者聯盟》。
其實如果她有看我的臉書，就應該會知道。
我說已經看了，問她看了沒有，

她卻說還沒去看，最後又跟我說那次失約很不好意思。
但她那樣說，反而讓我覺得不好意思……
之後她說，下次請我吃飯補償，
我說好，但我們最後都沒有約定何時再見面，
只是和她一起亂聊，
我一句、她一句，沒有停歇，
聊到了凌晨也沒察覺。

10 月 20 日　星期六

//
十：你平時畫畫都會有特定的對象嗎？
我：沒有啊，通常都是那天想到什麼，就會畫什麼
十：那如果有時沒靈感呢？
我：唔，會試試看著以前的作品，或相機拍下的照片
十：那人呢？
我：什麼人呢？　@@
十：會不會因為想念以前的女朋友，於是就畫她？　:p
我：才不會啦，不想有機會讓她誤會　-____-
十：為什麼怕誤會呢，是你與她分手的嗎？　:p
我：你這人真的很八卦呢……　~__~
十：我只是好奇啦，作為你插畫的粉絲　:p
我：粉絲　=_____="""""""
我：不要說是我的粉絲啦，很難為情　=_____=
十：XDDDDD
十：你會難為情的嗎？
我：你這樣說，好像我一點也不知羞恥似的　-____-
十：不是啦，只是很難想像你臉紅時的表情　XD
我：=____=
我：我也想像不到你會爆笑時的表情……
十：我就不可以爆笑嗎？　@O@

我：不是不可以，只是沒見過吧　~__~
十：哈哈，將來你也是不會有機會見到　:p
我：……為什麼　-____-
十：因為我都只會在心裡爆笑　XDDDDDD
我：也是，如果你在街上這樣笑，一定會被人當作獨子　:p
十：什麼獨子呀？　@@
十：你是想說瘋子吧？　XD
十：雖然我也是家中獨女　XDDDDDDD
我：……………
我：打錯了，是瘋子
我：OK You win　XDD
十：XDDDDDD
我：~_~
十：好啦不聊了，我要去睡覺
十：再這樣笑下去，我一定會睡不著　XD
我：又或者半夜裡也會忽然爆笑？
我：然後你男朋友會以為你撞邪　XD
十：XDDDDDD
十：不過不會了
十：他每次都會睡得很沉
十：就算火災警報他都可能會聽不見　~~
我：果然是訓練有素　:p
十：訓練？
我：長期被你的夢裡爆笑聲浪所訓練
十：=____=
//

是很無聊的對話。
但，快樂。　=)

10 月 23 日　　星期二

最近和阿十都在臉書傳短訊。
上班的時候、午飯的時候、
回家的車程裡、晚上要睡的床上，
從不間斷，讓我最近愈來愈沒有時間在這裡寫日記，
更別說是畫插畫了。
有哪一個 app 可以加快輸入速度嗎？
有時我還沒打好想回她的話，
她就已經傳來下一個訊息，
然後還要笑我，為什麼我會回覆得這麼慢……　=__=

10 月 24 日　　星期三

//
我：有聽過鳳仙冰棒嗎？
十：呂布我就聽過
我：呂布？
十：呂布，字奉先嘛
我：為什麼你會懂這個？　@@
十：看漫畫學來的，不可以嗎？　:p
我：……
十：怎樣？
我：只是想起，如果叫你去買冰棒，你不會對店員說錯想要買呂布冰棒吧？
十：……
//

10 月 25 日　　星期四

這星期每天都會和阿十在訊息裡聊天，
什麼都會聊，由她的工作、興趣、習慣，
聊到我的口味、畫畫、喜歡的電影，
彷彿好想將自己所知道過的趣事說給對方知道，
也不會覺得對方是勉強找話題來延續，
儘管這些都不是什麼有實在意義的對話。
我們每天都會在差不多的時間開始聊天，
例如是早上十點、下午三點、晚上十點，
沒有約定，但卻知道對方在這些時間大概都會有空，
不會有工作或私事上的掣肘、可以隨心所欲地亂聊，
然後聊到凌晨一點，開始累了，
才說一聲晚安、明天再談；
然後到了第二天早上，
短訊裡又會定時出現對方的笑臉，
和自己繼續聊下去，延續昨天未完的交換快樂。

10 月 26 日　　星期五

//
我：你洗澡了沒有？
十：……你有聞到異味嗎？一回來就已經洗了啊
我：我又怎知道你洗了沒，有些女生也不是一回家就洗澡呀
十：我不行啊，回家之後一定要先洗澡，就算沒吃飯也要洗～
我：真是好的習慣呀 =) 我就一定要洗澡和洗頭才可以睡覺
十：當然啦……不過你看上去也像是一個有潔癖的人吧　XD
我：是嗎？　　~_~
我：有些人可以去吃完燒肉後帶著一身炭燒味上床睡覺呢
十：我就一定不行了！有時逛街前也會洗，回家後又再洗一次
我：果然是女生……
十：果然是淑女才對！
我：……不是六師弟嗎？
十：什麼六師弟呀？
我：算了，沒什麼 :p

十：唔，這稱呼聽起來也很不錯，但為什麼是六師弟？
我：你真的覺得很不錯嗎？你想要六師弟還是要淑女？ ～_～
十：快點説什麼是六師弟！ \＿＿/
我：XDDDDDD
十：快點説呀！ \＿＿/
我：哈哈哈…………你有看周星馳的電影嗎？
十：有呀，但我不記得誰是六師弟！
我：那……現在你應該明白啦……
十：！！！你不是説最肥的那個吧 \＿＿＿/
我：XDDDDDDDDD
十：火 ＿＿＿＿ 火
我：對不起我忍不住在街上笑了出聲 XDDDD
十：太過分了，你竟然叫一個淑女做六師弟！
我：我早就説了「算了」 XDDD
十：還笑！ \＿＿/
我：好吧不笑，你是趙薇好不好？
十：……但趙薇是光頭的！ \＿＿＿/
我：我都沒有想起她光頭 XDDDDDDD
十：……原來你想的是化了妝的那一個？？？？？
我：XDDDDDDDDDD
十：吼 ～～～～～～～～～～～～～～
//

詠思傳來訊息問，
有沒有時間星期天一起吃飯。
其實早兩天她也有問過我，
但因為當時忙著與淑女短訊、忘了回覆；
我説那天未必有空，她又問我星期六可不可以……
最後還是和她約了在星期天晚上吃飯。

10 月 27 日　星期六
//
我：你呀，平時都是這樣無聊嗎？
十：唔……偶爾啦，也要看對手 :p
我：像是怎樣的對手？
十：像你這種 :p
我：~__~
十：有些人，你明知道和他說明了，他都不會明白
我：對牛彈琴
十：對了。有一次無聊起來，跟同事在公司用 LINE 扮演簡訊詐騙的對話
我：叫人去買點數卡那種？
十：是呀
我：真的有點無聊呢 ~_~"
十：無聊嘛
我：無聊人在無聊時做無聊事
十：是繞口令來著嗎？
十：等等，你……………你剛說我很無聊嗎？ \ ____ /
我：XDDDDDD 現在才有反應 XDDDDDD
十：………… \ __ /
我：XDDD
十：你一直回不是更無聊嗎
我：你平時跟男朋友也是這樣無聊嗎？ XDDDDDD
十：他是其中一隻牛
我：什麼牛呀？
我：哦 XDDDDDDDDDDD
十：XDDDDD
十：你剛也走過了牛的邊緣
十：從牛門關……活過來了！
我：喂……好冷啊 ~_~
十：冷什麼呀？
我：換你不明白了 :p
十：XDDDDD 我按下發送才明白你想說什麼！！
我：XDDDDD
//

其實，她本來就是一個天生喜歡笑的人吧。
只是我也沒想過，自己也可以像她一樣，
對另一個如此笑得開懷。

10月28日　星期日

這晚和詠思去了 CALIFORNIA PIZZA 晚飯。
已經很久沒有去過了，
一來，身邊的朋友都不太喜歡吃披薩，
二來，這幾年它的分店愈來愈少，
漸漸就只剩下這晚吃飯的這一間。
以前和詠思經常會來。
她最喜歡吃雞肉菠菜寬麵，我就喜歡吃手工披薩，
以前……
是一份提拉米蘇會兩份吃的時候。
她說，已經很久沒有來過 CALIFORNIA PIZZA，
然後就開始說起，這三年來所發生過的事。
上次和她見面，其實她也有稍稍提過，
但我沒有多問，她也沒有說得太多。
這次她卻從我們分開後開始說起，
其實我不特別想去知道，
因為有些畫面，我並不想再特意去回想，
但原來那時導致我和她分開的那個「好友」，
最後沒有跟她一起，她後來喜歡了另一個人。
那個人是她以前的中學同學，在中學同學聚會再次遇上，
覺得十分投緣，然後就一起了。
她很喜歡他，說了很多這個人的事情，
包括他的職業、喜好、平時兩人上街會做些什麼、
還說了之後搬去了和他一起住……
我這才明白，為什麼之前自己會在月華街碰不到她。
但是也不重要了。
我問她，那最後為什麼你們會分開；
她卻笑而不答，說下次再告訴我。
我看到她的眼角有點淚光，
最後還是忍不住問她，今天是他的生日嗎？
她呆了一下，問我怎麼會知道；
我心裡苦笑一下，然後也學她說，
下一次見面時再告訴她。

10 月 29 日　星期一

晚上我跟阿十談起詠思還有昨晚的事情。

//
十：你還喜歡她嗎？
我：沒太多喜歡
十：但還是會有一點在乎？　=)
我：怎麼説，也是曾經親近的人
十：唔，我沒試過這種煩惱呢　～～
我：你很想試嗎？　～＿＿～
十：不，只是我第一次拍拖就拍了六年，一直到現在　:p
我：其實這是很難得的　=)
十：嗯，是的
//

之後有一段短時間的靜默。
平時我們回訊息的速度很快，
只要打得稍慢一點，
對方的第二個訊息又會傳過來，
如今這種情況，反而甚少出現。

//
十：在想什麼呢　=)
我：沒什麼，只是在想待會畫些什麼
十：你會將自己的心情投射在畫上嗎？
我：有時會
十：真好，可以用畫來表達心情
我：你也可以畫嘛
十：但我畫得不像你那麼好
十：不如你幫我畫吧　^＿^
我：哈哈，你想我怎樣幫你畫？
十：畫一個女生抬頭看著月亮
我：然後低頭思故鄉？
十：你很無聊啊你！
//

10 月 30 日　　星期二

我將那幅「少女抬頭賞月圖」放在臉書裡，
題為「低頭」。
大家都問為什麼不是叫「抬頭」，
我沒解釋，只是和阿十在訊息裡亂笑。

11 月 1 日　　星期四

這天終於約到阿十出來看電影。
也是我們第一次單獨約會。
但其實是我自己太認真吧，
因為她也只是因為男朋友沒空、才願意和我出來。

和平時在網上短訊聊天不同，
當我們兩個人面對面相處，反而變得比較少說話。
雖然之前大家都有談過，
其實我們本來的性格就是比較沉靜一類，
只是到真的出來面對面時，還是會不能避免地去比較……
平時我們幾乎每分鐘都會在傳短訊、
想到什麼就立即化為文字，
每分鐘交換過許多無聊說話或想法，
但現在面對面時，反而不知道應該說什麼才好。
想開口，總覺得不自然，
然後不說話，又覺得沉默太沉重。

然後正當我還在煩惱應該怎樣打開話題時，
她卻拿出手機，似是要回應別人的短訊。
我心裡嘆氣，
暗想是我太悶、她開始寧願用手機跟別人談話，
但這時我的手機卻收到了短訊，打開來看，
竟然是她傳給我的：

「其實我們都一樣吧，不擅說話、口不對心」

我抬頭看看阿十，只見她臉上有點紅，
幸好還是帶著笑意；
我吸了一口氣，也在手機裡輸入回覆：

「果然是淑女呀，還會臉紅」

她看過之後，臉更加紅了。
我忍不住笑了，是真的笑出聲的笑；
她還在臉紅，但隨即就收起手機，
對我說：「好了，是你約我出來，現在開始由你帶路。」
我回她：「帶你到哪裡都願意？」
她猶豫了一下，但又逞強說：「去就去，怕你嗎？」
然後那種在短訊裡亂聊抬槓的感覺又再次冒起……

最後如預定般，看了電影，吃了晚飯，
我送她到車站，原本也想送她回家，
但想想，還是不太好。
因為不想太唐突，不想自己做得太多，
讓她誤會，讓這份難得的友誼再不能延展更多。

11月2日　星期五

//
十：謝謝你約我去看電影呢
我：謝什麼啦，一點都不像你　:p
十：哼　\＿＿/
我：淑～
十：唔？
我：沒什麼，只是想叫一叫你　=)
十：無聊～
我：\＿＿/
十：對了，你叫什麼名字？

我：阿四嘛，吃了燒肉，腦袋也燒壞了嗎？　@@
十：是問你真名啊，傻瓜！
我：哦……那你呢？
十：我問你你又反問我　\＿/
十：我姓阮　=)
我：阮……我一直還以為你姓沈呢
我：我姓簡　=)
十：叫 Samantha 就不是姓沈啦好不好　~＿~
十：我還以為你姓文呢　:p
我：文？文盲？=＿=
十：哈哈哈，你說是就是　XD
我：=＿＿=
十：阮珮琪　=)
我：簡志民　=)
十：咦，真的有個民字！！　@o@
我：是民不是文啦　~＿~
十：但同音！　XDDDD
我：是的是的，是發音一樣　~＿＿~
十：簡志民你好　=)
我：阮珮琪你好　=)
十：我們今天終於真正認識了　=)
我：是啊，那你快點還錢給我
十：為什麼要還錢？　@_@
我：因為你之前說請我吃飯，但昨晚那餐我們可是各付各的！　XDDDD
十：我・都・忘・了！！！！　XDDDDDD
十：你果然很像師奶呢　XDDDDD
我：師你的頭　=＿＿＿=
//

11 月 4 日　　星期日

這天和阿十去了長洲一日遊。
從中環出發乘渡輪前往，
但一上船坐下，她就立即低頭睡著了……
還擔心她對郊遊興趣不大，
只是一下船，她又立即活躍起來，
拿著手機亂拍照……
最後我們一起等到了太陽下山，乘船回中環，
怎知一上船，她又立即睡著了，無奈。～_～

11 月 5 日　　星期一

//
我：如果有幾千萬在手，就好了～
十：有錢你想做些什麼？　　:p
我：不知道呀，但想放假去其他地方看星星
十：你喜歡看星星？　=)
我：=)
十：但你懂不懂得看呀？
我：不懂，不會分辨星座
十：我也不會～
十：但我也很喜歡對著天上的星發呆
十：感覺真的好好
我：嗯，只是在城市裡，通常就只能看到幾顆星
十：是啊……
十：有機會，你一定會去到
我：去到？
十：看到很多星星的地方　=)
我：希望啦　=)
十：=)
我：淑～
十：嗯？
我：我要走了，下班　=)
十：嗯，那今晚再聊　=)
我：嗯，今晚再聊　=)
//

11 月 7 日　星期三

子杰又再問我，是不是喜歡阿十。
我沒回答。
他提醒，她有男朋友。
我沒回答。

11 月 15 日　星期四

//
十：今晚有約人嗎？
我：沒有呀，做什麼？
十：去吃飯去吃飯！　^__^
我：飯，天天都要吃呀　@_@
十：現在是我約你去吃飯啊！　___/
我：和你吃飯，更加一定要去吃呀　^___^
十：那就乖　=)
我：想吃什麼？
十：你安排吧　=)
我：……為什麼是我安排？　=__=
十：你知道今天是什麼日子嗎？
我：發薪日？
十：哦原來你發薪！今晚你請吃飯　^__^
我：你好無聊啊你　=____=
//

後來我才知道，
原來今天是我們從 KTV 開始「真正認識」的第二個月紀念日。

11月17日　星期六

詠思在臉書問我，
近來是不是在談戀愛。
我問她為什麼會這麼覺得，
她說沒有原因，就只是這麼覺得。
我問她，近來好嗎，
她問我，有沒有空一起吃飯，
於是我們約了下星期天的晚上見面。

11月20日　星期二

最近阿十愈來愈少在線。
空閒的時間變得多了，反而讓我想起，
自己原來還有很多事情沒有完成。

11月21日　星期三

然後，當你將所有未做好的事情都一一做完，
你又會發現，原來工作是讓自己減少胡思亂想的最好方法。

11 月 23 日　星期五

聽子杰説，
最近阿十認識了一個新的男性朋友，和他很要好。
我説，那也很好啊，
真的很好。

11 月 24 日　星期六

其實所謂習慣，
不是不能夠改變，
就只是看你自己想不想改變，
或是有沒有人逼你去改變而已。
例如，以前每天早上都習慣要説的早安，
或是臨睡覺之前要説的晚安，
只要沒有接收的人、可以去説的對象，
就算你曾經對人説過幾百千遍、已經成為習慣，
你還是得漸漸叫自己學著去放棄再説；
又或是，你依然會繼續，
只是不再強求會得到別人的回覆。

11 月 26 日　　星期一

昨晚和詠思去了赤柱的一間餐廳吃飯。
那間餐廳在海邊，隔間設計十分開闊，
微風不停從海邊吹送，
再配上餐廳請來專人吹奏的薩克斯風，十分有情調。
原本曾經有想過約阿十來的。
詠思問我，最近的畫為什麼總是比較悶悶不樂，
我問她還有看嗎？
她說偶爾還會看的。
我笑說沒有原因，只是隨手亂畫的；
但她卻說很喜歡近來的畫風，
很能表達出一種想知道但不能知道的心情。
聽到她這樣說，我反而不知道應該說什麼才好。
然後她說起，之前男朋友的事情。

那時候，他們住在一起，
原本大家都相處得很好，
只是有天她開始察覺，
他的心緒並不是放在自己身上。
即使兩人朝夕共處，但是他就只會顧著看手機，
或回應別人的短訊，
最初她也不特別介意，但漸漸還是會留意得到，
他玩手機的時間實在太多，
後來更是常常不在家裡、說約了朋友出外吃飯。
她猜到他在外面認識了另一個女生，
只是始終沒有去問清楚，
怕自己真的猜中了，也怕他會選擇和自己分開。
她一直在家裡等他回來，
假裝什麼都不知道，假裝他還對自己很好。
但過了兩個月，他還是決絕地跟她說，
不要再一起，還要她馬上搬走。

她問他為什麼，他説不想解釋、只想一個人靜一靜。
她問他怎可能馬上就搬離一起生活了兩年的家，
他説他可以幫她電召貨車及工人收拾。
然後第二天她下班後回家，發現門已經打不開了，
他説他已經將她的所有東西都送回去月華街、她母親的家，
可她卻從沒有向母親提及過他們要分開的事情。
之後過了一星期，
她在他的臉書裡看見他牽著另一個女生的合照，
是那個女生 tag 上他的名字、她才會看見。
她知道，那一個就是和他短訊了幾個月、
最後搶走了她的男朋友的女生。
她在那張照片下留了一個讚好，
第二天，他就立即把她的臉書封鎖了，
她再也看不到那個女生的臉書。
一些舊中學同學説他交了新女朋友，
還説他們很登對，她這才發現，
原來大家一直以來都不知道他們曾經是一對並且同居過。
她從來不將他們的合照放在臉書裡，
也不會特意去提及戀愛狀況，
以為大家都是隨心，但回想起來，
這又可是他的有意如此？
但想得再多，如今還是沒有機會再向他質問，
因為他已經封鎖了她的短訊、不會再接聽她的電話。
我問她，現在還會不開心嗎？
她搖搖頭，説現在已經好很多了，
至少可以將這些事情對人説出，
還有人會陪自己吃飯。
我笑答，只要你想，
你的朋友們都一定願意陪你的，
但同時心裡又想，
在阿十和我一直來回短訊的時候，
不知道她那一個我從未見過面的男朋友，
又會有著哪種心情……

11 月 27 日　　星期二

這天阿十終於傳來短訊。
//
十：文
我：淑
十：最近你好像很忙嘛
我：不忙呀
十：但你都沒空短訊呢
我：我以為是你忙
十：算吧～
我：今晚有沒有約人？
十：做什麼？
我：想約你吃飯
十：……
十：可以呀，今晚
我：去尖沙咀好嗎？
十：好呀
我：那七點我再打給你　=)
十：好　=)
//

晚上，和她約在尖沙咀碼頭，
去了文化中心裡的餐廳吃飯，
之後我們就在海邊散步。
問她近來過得好嗎，
她說一般，但沒有再說下去，
感覺上像是欲言又止。
然後她又問我，最近如何。
我說還是一樣，原本之前積下很多東西未做，
現在反而有太多時間完成，

做完了卻有點失落。
她取笑我像是一個哲學家，
我取笑她像是一個六師弟，
她又問我為什麼是六師弟，
我便說剛剛她才將整盤雞排飯吃完，
還有一份沙拉和一塊蛋糕，胃口這麼好不像六師弟嗎？
她佯怒了一會，又說，
其實最近都沒有什麼胃口，
於是我又問她為什麼，只是她又不答，
又取笑我像一個師奶般八卦。
我們就這樣談談說說，走去巴士總站，
巴士到站時，我也跟著她一起上了，
不知為何，今晚實在好想送她回家……
只是送到屋苑外，她就說不用繼續送了，
我想她是不想被她的男朋友看到吧。
我只好說你自己小心，回家之後再談，
她說好。
然後我一個人走到附近的巴士站，搭上巴士，
看著窗外，拿著手機，
等著會不會收到她的短訊，
等著巴士帶我回到自己的家。

11 月 29 日　　星期四

//
十：男和女之間，真的可以有純友誼嗎？
//

我不懂得回答。

11 月 30 日　星期五

她説希望將來可以去希臘看星。
我問，和誰去呢？
她説，當然是男朋友，
我又不知道該如何回答了。

12 月 2 日　星期日

她又開始沒有在線。
我漸漸明白，當她沒有在線的時候，
應該都是跟別人上街去了。
因為之後總會在她的臉書看見，
她自己貼的或是被別人 tag 回的相片。
通常都是她與她的男朋友。
于杰跟我説，其實不應該在意太多，
我跟他説從來沒有在意，
只是他一直在旁亂説，讓我想得太多；
他卻説，如果沒有在意，
為什麼最近又會少畫畫了⋯⋯
就連詠思也問我為什麼會沒有新的畫作。
看來大家都將我有沒有畫畫跟我的心情掛鉤起來。

12月4日　星期二

//

十：有時真羨慕你呢

我：羨慕我有錢？

十：你有錢？為什麼我不知道？　\＿/

我：一塊兩毛五總有的　:p

十：你好無聊　XDD

我：為什麼羨慕我啦　=)

十：你有自己的專長，而且又單身

我：我有什麼專長？

十：繪畫囉，我覺得你畫得很好，總有一天會得到大家的認同　=)

我：你這樣說我也是不會臉紅的！　:p

十：你不要學《航海王》的喬巴說話　^＿^

我：~_~

我：謝謝你的稱讚，但其實我也不覺得那是什麼專長　=)

十：至少已經比很多人要好了

我：有時你看我好、我看你好，大家看到的其實都只是泡沫而已

十：嘩文人又說了很有哲學性的話呢，我要抄下來　XD

我：你這樣說我完全不覺得高興　~__~

我：單身又有什麼好呢，一個人的時候，你不知道有多悶

十：兩個人在一起的時候，也可以很悶

我：例如呢

十：大家都太清楚對方的想法，有些事情反而變得不想再談

我：這不是大家說的默契嗎

十：清楚對方想法是一回事，但是否真的配合，又是另一回事

十：有時會深深覺得，兩個人是活在不一樣的世界

我：有試過跟他談這個問題嗎？

十：他不會想談的，每次一說，他都會不說話　~ ~

我：唔，那也比較麻煩……

十：你呢，以前有試過這種情況嗎　=)

我：以前跟詠思在一起時，可能是我比較粗心大意吧，很多事都是後知後覺

十：例如呢？

我：例如……那時我以為她離開我，是因為喜歡了另一個朋友

我：但其實，我和她的感情是早已經淡了

十：淡了的時候，你不曾察覺嗎？

我：那時我只會想，兩個人在一起，只要開心，就已經足夠了

十：你當時覺得她開心？

我：是的，因為每次約會，她都會表現得很快樂投入

我：只是現在回想，她當時其實是假裝很投入吧，而不是真的覺得快樂　=)

十：為什麼現在反而才會察覺　:p

我：也許是因為最近和她見面多了，可以從一個比較抽離的位置去重新認識她

十：我見到你們不時會一起看電影　=)

我：誰教你都沒有空呢，唉～

十：就是給你機會去和她再發展嘛　XD

我：是嗎是嗎……

十：謝謝你呢，讓我想明白多一點　=)

我：有讓你想明白什麼嗎？

十：以前的你，很像我現在的男朋友呢　=)

我：……

我：你還喜歡他嗎

十：我也不知道

十：都已經六年了

我：唔

十：好了，要睡了

我：好啦，不要想太多

十：嗯，晚安　=)

我：晚安　=)

十：～

我：～

//

12月6日　星期四

這天和阿十去看了電影。
這是我跟她第二次看電影。
難得的是，她沒有在電影中途睡著了，
平時每次和她出來，如果要乘車還是去 cafe，
她都會突然就睡著的。
可能是因為電影的題材也吸引她吧，
散場後她一直和我討論劇情。
這晚我又送她回家，
也跟之前一樣，還是只能送到屋苑外，
但是我也已經不會在意了。

12月8日　星期六

原本打算和她去郊遊。
只是我病了；
我想堅持出門，她卻叮囑我一定要留在家休息。
不得已，只好在家裡對著電腦畫畫。
只是畫了一會，又頭昏腦脹起來。
想吃點什麼，才發現家裡只有泡麵……
就在這時候，家裡的門鈴響了，
我打開門，就見到她拿著白粥與炒麵，
站在我家門前……

這是我一生之中吃過最好吃的白粥。

12 月 10 日　星期一

最近和阿十見得愈來愈多。
這星期已經見了四次，也多了講電話，
以前她是不喜歡跟別人講電話的，
現在幾乎每晚都會講上一遍。
這樣的發展，真的好嗎？
有時我自己也會猶豫……
只是每次看到她快樂的笑臉，
我就會叫自己不要想得太多。
沒有牽手，可以繼續做朋友，
沒有親吻，卻能夠坦誠祝福，
這難道不是最理想的關係嗎？
雖然其實，這不是原本我最想要的，
但這輩子能夠遇到多少個可以相親相知的人，
如果只可以用這種方式走下去，
其實我又何必去自尋煩惱太多？

是這樣嗎？

12 月 11 日　星期二

可能是　沒痕跡的戀愛
眼前是　最著跡的關注
我們是　哪一種親愛也都可以
講我知　誰可以如此

——梁漢文〈愛與情〉

12 月 13 日　星期四

//
十：你有想過送什麼生日禮物給我嗎？
我：呃？我以為只是跟你說「生日快樂」就已經足夠了啊？
十：\ ___ /
我：最多，我連下年的「生日快樂」也預支給你好了
十：\ _____ /
我：XDDD
十：原來我的價值，就只值得你說一聲「生日快樂」　T__T
我：不是啦，我有好好地想　=)
十：真的嗎？　=)
我：當然　=)
十：不用太名貴，有心就已經足夠了　=)
我：你以為會有多名貴？我只是打算請你到麥當勞吃「快樂兒童餐」而已　XD
十：……禮物就是隨餐附送的玩具？　\ ___ /
我：你實在太了解我了　XDDDD
十：\ _____ /
我：淑女又變成六師弟　XDDDDD
十：\ _____ /
//

12 月 16 日　星期日

這天她生日。
晚上她有空出來，我約了她在中環，
之前她早就在短訊裡問我，
這天會帶她去哪裡吃飯，
我說你出來就會知道了。
然後七點她準時赴約，看見她的打扮，
我忍不住倒抽一口涼氣，
因為……不十分隆重，
但卻是我見過她最悉心認真的打扮。

她笑問我為什麼看著她不說話，
我解釋因為我還在猶豫應該帶她到哪裡吃飯。
她問，原來還沒決定好的嗎？
我說其實已經決定了，
然後就帶她去到蘭桂坊的一間麥當勞，
還點了兩份「快樂兒童餐」，
到現在還記得她呆掉了的失望表情，哈哈。
然後我遞了一份「快樂兒童餐」給她，又叫她拆禮物，
她生氣說我騙她、還叫她拆禮物，
我說我沒有騙她，真的希望她去拆這份特別準備的禮物。
她半信半疑，將隨餐附送的袋子打開，
見到裡面有一個扭蛋；
她將扭蛋打開，之後就見到真正的禮物。

「傻瓜，你是怎麼找到的？」

她雙眼噙淚，看著我問。

「碰巧見到，所以就想送給你了。」

我輕鬆地笑道，將扭蛋裡的耳環取出來。

那是一對小王子的耳環，
吊墜的末端，是小王子所居住的 B612 星球，
小王子就站在小星球上，與玫瑰花相依為命。
她以前說過好喜歡這對耳環，
可是在香港沒有發售，而且本身也限量推出，
全球並沒有多少對這樣的耳環。

「你一定是找了很久吧？」她問。
「這不重要，只要你喜歡就行了。」

我笑，吸了一口氣，替她戴上這對耳環。
她沒有拒絕，只是合上眼，讓淚水終於滑落。

能夠看得到這一幕，已經是我這生的福氣。

12月18日　星期二

據説友愛比戀愛漫長
無奈愛意沒法設想
對你與對她怎會一樣
如未愛上
又怎可感到你緊張

——梁漢文〈愛與情〉

12月20日　星期四

//
十：平安夜有約人嗎　=)
我：你説呢　=)
十：哼哼，還以為你有約人　-_-
我：若我約了人又怎再去約人　:p
十：你在説什麼啊，完全看不明白　:p
我：-_____-
我：那你又有沒有約人？
十：你説呢　=)
我：你抄我！
十：那你又有沒有約人？ <-- 你也一樣抄我呀！
我：哼，算吧
我，那請問，平安夜你有空嗎？
十：這才乖　XD
我：=_____=
十：沒人約呀　=)
我：想一起吃飯嗎？　=)
十：好呀
十：你決定吃什麼　=)
十：麥當勞也可以　^__^
我：……又麥當勞，我沒錢啊！！！

十：那次……原來要很貴嗎？　XD
我：總之不是「快樂兒童餐」的價錢　-_-
十：XD
十：傻瓜，不要再為我破費了　=)
我：好，那我再想吃什麼　=)
十：要不要交換禮物？　=)
我：你剛剛才說不要我為你破費　XD
十：哼，你不想交換就算了　\＿/
我：好好好，交換交換　~＿＿~
十：哈哈，真好
十：有些期待呢，很久沒有交換禮物了　=)
我：有多久呢？
十：很久很久了～
我：淑～
十：嗯？
我：好啦，早點睡吧，不然又黑眼圈　=)
十：你也是呀　=)
我：嗯，晚安　=)
十：晚安　=)
我：～
十：～
//

12月22日　星期六

//
我：淑～
十：文～
我：~_~
十：今天這麼早在線？
我：不可以嗎？　:p
我：掛念嘛
十：找個衣架來掛嗎？　:p
我：~＿＿~

我：什麼時候要再吃藥？
十：你上次是什麼時候提醒我？
我：八點
十：那還有半小時　=)
我：嗯
我：那去洗澡了嗎？
十：還沒呀
我：還不快點去？
十：是的是的，現在就去了，母親大人　XD
我：~＿＿~

十：回來了
我：這麼快　@O@
十：有多快啊　=＿＿=
我：只花了十五分鐘！！
十：你有在算嗎　=＿＿＿=
我：看訊息的傳送時間就知道啦！　=＿＿＿=
十：XDDDDD
我：都不知道你有沒有洗乾淨
十：香噴噴　:p
我：是嗎是嗎
我：記得多穿點衣服啊，不要再著涼
十：知道了知道了　=)
我：快點康復吧，否則你平安夜就不能出來　:p
十：你不希望我出來嗎　~＿~
我：不知道呢　:p
十：\ ＿ /
我：屬
十：閏
我：時間到了　~_~
十：是，現在吃藥去
我：=)
十：=)
//

12 月 23 日　　星期二
//
我：病有沒有好一點呢　=)
十：好了！！！
十：老虎也可以打死幾隻　~~
我：今晚打老虎……
我：淑女打老虎
十：不可以嗎　\＿/
我：不要打我就好　:p
十：哼，明天你就知道
十：你準備好了禮物沒有？　=)
我：如果我説沒準備，明天真的會被你打吧　~_~
我：早準備好了　=)
十：嘿嘿　=)
十：那明天我們吃什麼呢？
我：不知道呀
十：哼哼，我不會再信你的　:p
我：為什麼不信我？　@@
十：你一定已預備好了地方吧　:p
十：以前一定經常這樣去哄女生　XDDDD
我：你説是就是了　~＿＿~
十：但我不會受你迷惑的　:p
我：唉，人心被當狗肺呀　T＿T
十：有嗎有嗎　~~
十：但謝謝你的準備呢　=)
我：其實我只準備了禮物　:p
十：我也是　:p
十：不一定要特別慶祝，所謂節日，最重要是看和誰一起過
十：我覺得是這樣　=)
我：我也是　=)
十：好啦，要睡了，明天要一早起來準備
我：準備什麼　@O@
十：你管我　:p

我：~＿＿~
我：好吧
我：明天見　=)
十：明天見　=)
我：晚安　=)
十：晚安　=)
我：~
十：~
//

12 月 24 日　　星期一

平安夜。

這天阿十最後沒有出現。

12 月 25 日　　星期二

傳訊息給她，沒有回覆。
雖然明明見到已讀、明明在線。
打電話給她，沒有接聽。
即使在語音信箱留言，也是沒有回覆。
但可以看見的是，她在臉書有讚好別人的分享。
只是真的不明白，為什麼會突然沒有了聯絡……

12 月 26 日　　星期三

回頭看，
其實會不會是我自己幻想得太多……

//
十：以前常常都無端的被人以為我與誰在曖昧呢
我：狂蜂浪蝶　@O@
十：你就狂！　=__=
我：那為什麼常被誤會，一定是你不好啦　:p
十：其實真的只當對方是朋友，像平時一樣談天說笑，但總是……
十：總之就麻煩　-__-
我：但你本來就無心惹人誤會嗎？　=)
十：很・清・楚・沒・有　-____-
我：那你自己問心無愧，不就可以了嗎　=)
十：但還是會感到無奈可惜，以為真的友好，但原來不是
我：你也有吸引人的地方嘛　=)
十：什麼叫「也有」？　\ ___ /
我：XDDDDD
十：但我以為，我本身有男朋友，別人應該會有所顧忌才是呀
我：哈哈，可能有些人就是不會在乎這一點呢
十：你也是這種人嗎　=___=
我：我是變種人好嗎　:p
十：好爛啊你　=_____=
我：:p
//

12 月 28 日　星期五

終於她有回覆。

//
我：在嗎
十：Hi
我：在忙？
十：有點
十：對不起那天沒有來
我：有事發生嗎？
十：現在沒事了
我：哦
十：不談了，有事要做
我：好，byebye
十：bb
//

12 月 29 日　星期六

詠思問，為什麼最近的畫都是偏向冷色。
我沒有回答她。

她又問我，除夕有約人嗎？
我不想再回答。

12 月 31 日　星期一

「新年快樂」

我在畫上寫下了這四個字，
心裡完全明白到，什麼叫言不由衷。

1 月 1 日　星期二

//
我：新年快樂　　=)
十：謝謝
我：在忙？
十：不
我：有約人嗎？
十：沒有
我：假期也不外出玩？
十：沒心情
我：哦
十：不聊了，拜拜
//

然後我還未輸入，她就已經先行離線。

1 月 3 日　　星期四

其實只是經過了幾個月的時間，
為什麼感覺像是經歷了很多事情。

而現在的感覺，
就好像是一切都要再重新來過一樣。

要去適應，再收不到短訊的時間，
要去習慣，有短訊提示，
不要太急著去回應，
不要還以為一定是她回覆，
不要還亂想一切都沒有改變……

「其實所謂習慣，
不是不能夠改變，
就只是看你自己想不想改變，
或是有沒有人逼你去改變而已。」

1 月 7 日　　星期一

子杰説，阿十和男朋友分手了。

我心裡著實呆了一下。

只是之後他又説，阿十提了辭呈，
並且立即請假，自己一個人去了台北旅行。

台北……

1月8日　星期二

台北，
她是有提過，想去台北……

//
十：你有去過台北嗎
我：去過兩次，做什麼？
十：沒啦，好想去，想有人可以一起去
我：我想……你其實是想去夜市吧
十：你怎知道！　@o@
我：因為你是六師弟　XDDD
十：\＿/
十：又六師弟！　\口/
我：怎樣啦，有什麼想吃？
十：吃什麼吃，為什麼只想到我是為了吃　\＿/
我：那你為什麼想去夜市呢？
十：因為我看到朋友去了饒河街的夜市，裡面有賣蛋黃哥的棉花糖啊　>O<
我：……結果還不是因為吃……………
十：不可以嗎　\＿/
我：可以可以　:p
十：不知幾時可以去呢……
我：短程的去兩三天也不難嘛
十：你也想去嗎　=)
我：想啊
十：有機會要不要一起去　=)
我：好呀　=)
十：那到時你帶路　^＿^
我：……原來你是迷路王嗎？　=口=
十：我是淑女啦～當然要你來帶路啦　^＿^
我：……………
十：文
我：唔？
十：謝謝你　=)
我：傻　=)
//

1月11日　星期五

你已經在台北了，是嗎？

這幾天你的臉書都沒有更新，
沒有在線，也不見你有任何留言或按讚。

今天香港的氣溫只有十度。
你那邊也會一樣冷嗎？

但願你不會著涼。

1月12日　星期六

已經開始習慣，看不見她在線。
但這種習慣，又是不是我真的期望做到……

1月16日　星期三

終於看見她在臉書裡更新了相片。
都是去台北時隨街拍的照片。
總共有一百二十二張。
但我找不到關於蛋黃哥棉花糖的照片。

也許她不是真的想去找棉花糖。

又或者，她去台北，其實完全與我無關……

1 月 20 日　星期日

看見子杰在臉書的相片，
是阿十在台北買回來給他的伴手禮。

她回來了。
但我現在才知道。

1 月 24 日　星期四

鼓起勇氣，輸入：

「在嗎」

然後，發送。

下一秒鐘，原本在線的綠燈，失去了蹤影。

1 月 28 日　星期一

以前，
在臉書不論我分享什麼、説些什麼，
她都會馬上來按讚。

現在，不會了。

同一個趣聞分享，她會按讚別人的，
對你的卻始終視而不見。
更別説我所畫的每一幅畫。
彷彿自己已不在她的朋友之列裡，
也彷彿，自己是一個不受她歡迎的人。

然後我才明白，
以前她的按讚，是用來表示和我親近的一種肯定。
當不想再接近，
就算你畫得再用心、説得再多再好，
她也是會無動於衷。
原來自己本來就沒有被她欣賞的價值。

2 月 2 日　星期六

連自己也覺得討厭。

不想再為她執迷太多，
但還是會追看她臉書的一舉一動。

即使她其實也沒有太多更新，
但就會連她按讚了哪些分享、
在誰人的臉書留言説了什麼，都不會放過。

明明再繼續看，也不會得到她的在乎，
她也不會知道吧，就算知道了，
可能只會更惹她的討厭……
那再沉迷下去，又會有意義嗎？

我只能裝作不在乎，
來讓我可以繼續無可救藥地對你著迷。

2月6日　星期三

農曆的除夕夜，卻不再有團圓的心情。

2月14日　星期四

她在臉書貼了一張照片，
有人送了一束鮮花給她。

朋友問她是誰送的，
她到最後都沒有回答……

其實與我還有什麼關係呢？

2 月 20 日　星期三

我問子杰，自己和阿十是不是真的再沒可能。

他反問我：
「你又是真的喜歡她嗎？
如果喜歡，就不會這麼輕易放棄，
如果喜歡，無論去做什麼，
都要把對方贏得回來⋯⋯
說到底，你只是更在乎自己的感受，
多於想要讓她得到幸福吧？
如果是這樣，我建議你不要再去煩她，
而且她最近也生活得很快樂，
你的出現只會為她帶來無謂的困擾。」

我無話可說。

2 月 25 日　星期一

這天下午，
她在臉書裡貼了一張照片，
說她一個人正在銅鑼灣的一間咖啡店裡閒坐。

不知哪來的勇氣，
我決定立即跟公司請半天假，
然後搭上計程車、趕去她提及的咖啡店；
只是當車子開動，我冷靜下來，
腦袋就開始亂想，
其實我趕過去了，又有什麼意思？
如果她其實不想見我，
那再糾纏更多不是自討沒趣嗎？

然後又想，當我趕到的時候，
她可能也已經離開了，
那到時我又要繼續在附近找她嗎？
找到了，又能怎樣呢……
我用手機打開她的臉書，
見她沒有新的發文，心裡稍微安定下來；
只是這天的交通並沒有如我所願地一直暢通，
最後當我趕到咖啡店，已經是半小時之後……

她已經不在這裡。

我坐在她剛才可能坐過的座位歇息。
忍不住苦笑，自己為何還會這樣不理智，
為何還會傻得用這種方式，
來證明自己與她是真的有緣份；
然後，最後，我們始終沒有碰見，
是代表其實我們沒有緣份，
自己是應該要好好死心了，是這樣嗎……

但有時候，
明知道沒有可能、不會等得到，
人還是會想繼續堅持下去；
是不理智的、犯賤、自討苦吃，
但如果不等下去，自己又是不可能會死心。
說到底，一個人會沒條件地等另一個人，
也許都只是希望有天可以等到自己真正死心而已。

3月1日　星期六

子杰問我去不去舊同事辦的聚餐。
我問有誰會去。
他提了好多人，但是沒有阿十。
然後我想起，阿十辭職，大家沒有為她辦歡送會嗎？
子杰說有，大家一起去唱了KTV。

只是沒有叫我去而已。

3月21日　星期五

最近一直讓很多事情來填補自己的空餘時間。
看書、看電影、去爬山、跑步、去旅行……
但無論怎麼填補，都無法填補夢醒時的失落。

在夢裡，我總是會遇見她。
我們仍然友好如昔，
那些短訊留言從未間斷，
那些默契心跳一直延續。
我問她，這次她會突然消失嗎？
她總是笑著搖頭；
只是每次最後，夢還是會醒，
再看看床邊的手機，
還是等不到那一盞訊號燈閃亮。
我到底是怎麼了，我到底可以怎樣做，
才不要再繼續如此的夢魘。

3月27日　星期四

這晚和詠思去了赤柱吃飯。
她說我瘦了很多。
我說我也知道，最近都不太敢照鏡子。

然後她又問我，為什麼近來沒有畫畫。
其實我只是不想再沒有目標地為畫而畫而已。
又或者該說，最近開始覺得，所有事情就算是怎樣，都無所謂了。

她說，又怎可能真的無所謂。
你只是想讓自己暫時什麼都不再去想，不去計較，
不要再讓自己因為有更多認真而受傷，
所以才會變得如此自暴自棄而已。
所謂無所謂、算了、順其自然，
都只不過是用來掩飾不得不放棄而已。

我苦笑說或許吧。
但還是很感謝她約我出來，願意陪我。

4 月 10 日　星期四

//

當那煙雲終於散去，
一切又再變得分明。

未接來電不會立即回覆，
問候短訊亦沒有了回音。

我們不會再偷偷傳暗號，
也不會再常常互相讚好。

約會也總是由我來提出，
失約卻已變成你的專利。

每星期的聚餐開始沒有預期，
每個月也再碰不上你幾次面。

書桌上你送的小玩意不再繁殖堆積，
與你沉迷過的遊戲也不再覺得有趣。

聽說你有心事，我也只能聽其他人說起；
近來喜歡的歌，你也不會再留一個讚好。

似乎我們的世界脫了鉤，時空位置從此交錯；
彷彿你我再不認得彼此，路過碰見亦如陌路。

就算那天我表現得很煩惱，你亦不會來問候一句；
你生病也不再主動告訴我，甚至會不想讓我知道。

偶爾你還是會探探我，但總站在門外；
又或者留下片言隻語，但冷淡而疏離。

過去你常走到我身旁，世界只有你與我；
現在你身旁總圍滿人，我也不想再走近。

就算我走近，你亦不再笑迎；
假如我卻步，你還樂得清靜……

也許我們真的變回做普通的朋友，
也許我們比普通朋友還更加不如。

我們之間所有過的，並非實在的友誼，
我們之前所發生的，不過是曖昧而已……

其實我真的不介意與你去曖昧，
也不介意你最後仍沒有喜歡我；
因為你已給予我這些難忘回憶，
你已經讓我得到過最大的運氣。

不過我只是有點介意，當煙雲散去，
你讓我深深明白到、那些溫暖原來只是曖昧的附屬，
而並非我這個笨人真的值得讓你關懷……

不過我還是未能釋懷，當煙雲散去，
你要對所有人否認、那抹彩霞在你我之間曾發生過，
並將那些曾經與微碎統統都沒收抹殺……

讓我變得想去恨你那自私的同時，
也讓我更加討厭這樣的自己而已。
//

4 月 14 日　星期一

我在臉書分享了，
前幾天在網路上看到的那篇文章。

然後，我終於得到了這些日子以來，
她的第一個按讚。

然後，就沒有其他。

5 月 1 日　星期四

最怕此生　已經決心自己過沒有你
卻又突然　聽到你的消息

——五月天〈突然好想你〉

5 月 14 日　星期三

最近她的臉書多了更新。
很多都是跟朋友吃東西時的合照。
她快樂，似乎比從前還要快樂。
我應該也要高興才對，是嗎？

5 月 29 日　星期四

只要用新的習慣，來代替舊的習慣，
難過就會似乎變得比較容易過去一點。

不再傳訊，就去看回以前的對話紀錄。
不能按發送，於是我開始熟悉刪除鍵的位置。
看到有趣的新聞，不是複製下來暫時保存，
而是應該像別人一樣立即在臉書分享；
有人按讚，也不要太期望會是她的稱讚。
要去習慣，她可能從來不會看你的臉書，
不會再像以前般，只要你有更新，
她就會立即看到，
也不會再像以前般，你去留言，
她就一定會回覆。
有想說的話，但要不要去給她留言，
也是一種試煉，
即使你知道有些事情她可能需要你的意見，
但你也應該要提醒自己，
她身邊還有很多好友知己，
一定還會有更多人去幫助她，
她也不一定需要自己、或想見到你的留言；
如果用這種方式去思考，
自己就彷彿可以變得看開一點了，
於是就可以慢慢去習慣，
就算有多少話想讓她知道，
也不要衝動去留言、去按讚，
即使她快樂時，你很想祝福她，
即使她有點失意時，你好想去給她支持……

但只要習慣了，一切都會慢慢變好的。
你就只是塵世間的一點微塵，
一呼吸就可以將你吹走，那為何你又不可以輕輕一呼，
放過你自己……

6月6日　星期五

也許，我應該也要暫停寫日記這個習慣，
不要讓自己有藉口可以在這裡無止境地繼續想你。

6月14日　星期六

晚上心血來潮，想打電話給她，
想知道她會在哪裡，
想知道她今天會過得好嗎……

但最後我都沒有打出那通電話。

6月28日　星期六

這夜看見你在臉書裡，
貼了周杰倫〈軌跡〉的歌詞……

「如果說分手是苦痛的起點
　那在終點之前我願意再愛一遍
　想要對你說的不敢說的愛
　會不會有人可以明白」

然後我打開我們的訊息，
去搜尋「如果說分手是苦痛的起點」，
讓我找到了兩個搜尋結果：

1) 27.10.20XX

我：如果説分手是苦痛的起點……
十：什麼分手的起點啦？
我：哈哈，你聽不明白是歌詞
十：~ ~
十：我知道歌詞説什麼呀　＼口／
我：那你又聽得明白他唱什麼嗎？　：p
十：周杰倫這一首的咬字已經算比較好　：p
十：只是之前聽的時候我沒有在意而已　：p
我：　：p

2) 05.12.20XX

我：如果説分手是苦痛的起點……
十：剛剛在聽　~＿＿~
我：這麼巧？　-口-
十：近來都經常重播，沒有多巧
我：哼……
十：不知道為什麼，很喜歡這首歌　：p
我：我也是　=)
十：　=)
十：以前都不怎麼聽周杰倫的歌曲
十：一定是受你影響
我：受我影響、不好嗎？　=＿=
十：不知道呢　：p
我：哼
十：文
我：怎樣啦淑
十：你愈來愈像師奶了
我：………………＼口／

其實如今回看更多，也是沒有意思，
是嗎？

就算讓我終於發現，她也許是因為我，
而變得會經常去重播這首歌，
就算如今她與我已經不再往來，
但還是會在臉書貼上這首歌的歌詞，
這其實都與我再沒有關聯了……

但我還是應該要高興吧。

即使我們如今不再見，
但在她的記憶裡，
曾經被我佔有過這一小格，
因為我，而讓她沒有錯過這一首好聽的歌……

因為這首歌，這一個晚上我終於可以安然入夢。

7 月 5 日　星期六

這天和詠思晚飯。
她說覺得我開心了很多。
其實我自己覺得是沒有太大分別。

每天醒來還是會有莫名的失落感，
還是會因為突然看到一些事情，
而突然聯想起以前的片段。

這種情況偶爾發生可以，
但當常常都會這樣，就會十分影響生活與工作了。
只是她卻說，至少你可以將這些想法如實說出來，
已經要比很多人都不錯了，
而且最近畫的畫也讓人有一種放鬆的感覺。

我笑説多虧周杰倫，但是我沒有對她解釋太多。

飯後和她散步，不知不覺由九龍灣走到觀塘，
再走到月華街，變相是送了她回家。

曾經還以為，以後都不會再有這種情況出現，
但如今她就在自己身邊，還可以談天説笑，
心底清楚知道那些傷痛與遺憾早已經不再縈懷，
又或者其實只是有新的傷痛與遺憾代替了？
也許是這樣吧。
但怎樣也好，這是個難得可以放鬆的晚上，
可以暫時不會再想起她，
可以暫時讓自己記得，沒有明月的晚星是可以有多耀眼。

7月8日　星期二

詠思在臉書傳短訊來，想約我去南丫島。

//
思：去吧，天文台説這星期不會下雨，現在去最適合
我：為什麼想去南丫島？
思：我想吃「阿婆豆花」啊　^^
我：你之前吃過嗎？
思：上年去的時候吃過一次
我：哦，原來你只是想我陪你重遊舊地
思：當然不是啦　:(
思：只是想找你去散心而已
我：謝謝你找我去散心　=)
思：那你想去嗎？
我：讓我考慮一下好嗎
思：好　^^
//

7月9日　星期三

//

十：喂，下次我們去南丫島吧

我：你昨天才去了長洲……

十：南丫島的風景比長洲更好啊！

我：但一上船你又會立即睡著吧　-___-

十：……

十：那人家也是會緊張的呀……

我：緊張什麼？　@@

十：不告訴你　_/

我：……那是不是還要去南丫島？

十：當‧然‧是‧啦！

我：你不找你男朋友陪你去　-___-

十：說了好多年了他都不肯去　=___=

我：真悲哀　~__~

十：唉

我：去南丫島你想去什麼地方呢？

十：我想去看風車！

我：好丫

十：你有吃過「阿婆豆花」嗎？

我：吃過，不好吃的

十：哈哈，你跟我一樣覺得不好吃！！

十：我很多朋友都說好吃，真不知道為什麼　-___-

我：可能只是因為他們走了很多的路、累了，所以什麼都覺得好吃吧

十：哈哈，你好衰

我：~___~

我：還有什麼地方想去呢？

十：我想去拍夕陽　=)

我：我有猜到　=)

十：你又知？

我：昨天見你在長洲不停拍夕陽

我：但南丫島的夕陽比長洲更美　=)

十：是啊　=)

十：那等十二月的時候去吧

十：入冬了，氣氛應該會更好呢
我：好啊　=)
十：=)
//

後來，因為我病了，
最後沒有和她去南丫島。
我們說將來有機會再去，但將來⋯⋯

已經再沒有這個機會。

7 月 13 日　　星期日
─────────────────

和詠思去了南丫島。
吃了豆花、看了風車、上了山頂，
但沒有看夕陽⋯⋯
是有點美中不足。

其實是可以留到黃昏日落出現，才離開南丫島。
只是何必一次把所有事情做完。
而且在山上走了半天，詠思也累了，哈哈。

幸好有她陪我。

7 月 25 日　　星期五
─────────────────

還以為自己已經不會有半點在乎。
但其實，我只是努力裝作自己不會在乎，
不會讓任何人知道我依然在乎。

7 月 27 日　星期日

夜了，卻捨不得去睡，
仍然在床上，用手機一直撥一直撥，
按讚許多趣圖文章，但還是不能感到滿足，
是因為不想將難得的假期都花在睡覺上，
還是尚未遇到某個想念的人在線，
不奢望明天可以見面，只求可以說一聲晚安。

7 月 29 日　星期二

//
我：你本人也會這樣經常爆笑嗎？
十：上次我們去 KTV 時，你應該知道啊　:p
我：那時我都沒有留意你　:p
十：那你當時留意什麼？　=＿＿=
我：留意帳單多少錢　XD
十：都說你是師奶　XDDD
我：說笑你又當真　-＿＿＿-
十：:p
十：其實我真的屬於文靜型啊
我：是嗎，文靜型⋯⋯⋯⋯⋯⋯
十：文靜，但又帶點好動活潑
十：健談，但又不失含蓄優雅　=)
我：你在說誰啊？
十：在說文靜的我嘛　:p
我：是嗎是嗎？？　XDDDDD
我：文靜、健談、好動、含蓄、活潑、優雅⋯⋯完全兩個方向　XD
十：不可以的嗎，動靜皆宜、必備之選啊！
我：必備之選？居家旅行、必備良藥嗎？　XD
十：含笑半步癲　XDDDD
十：一日喪命散　XDDDD

我：阿十半步癲　:p
十：不行！我要「含笑」！
十：阿四喪命散　XD
我：………………
//

7月30日　星期三

//
我：淑～
我：一叫你就離線……　T＿T
十：是我一見你就閃（國語）
我：我知道你是想被我打（泰文）
十：XD
十：你懂泰文嗎？
我：妹是甘冷旦翼媽翼媽吳孟達
十：夾買共G個咩共（泰文）
十：XD
我：XD
十：XDD 傻的
我：愕哩冬吳希媽朝咪（想不到他鄉遇故知！）
我：XD
十：XDDDDDDDDDDDD
十：你白痴～　XDDDDDDDDD
十：皮膚白雪雪，學人扮泰仔
十：XDDD
我：泰仔不可以白雪雪的嗎　～～
十：不可以
我：為什麼　＝口＝
十：你有見過藍色的香蕉嗎？
我：我見過綠色　:p
十：都不是藍色，就是沒有見過啦～
十：你曬黑一點才學人講泰文啦～

我：~_____~
十：還有，要多兩塊肌肉……
十：XDDD
我：這些都只是你們升斗市民對泰仔的錯誤認識
我：誰說泰仔不可以又白又瘦的？ _/
十：XDDDDDDDDDDD
十：那你唱首泰文版的〈相逢何必曾相識〉來聽聽先
我：和伯能　吳知 er　兜書而能
我：文憶兜 ru 茄　吳揭 it 知宋羅湯
十：………………………
十：什麼羅宋湯
十：XDDDDDDDDDDD
十：你真的亂來！！！！！　XDDDDDD
我：~~
我：真的會唱啊
我：你試試唱一次吧
十：XDDDDDDDDDDDDDD
十：救命
我：怎樣呀，會不會唱呀　:p
十：不唱呀　XD
十：下次你出來唱給我聽～
我：下次先算啦　:p
十：_____/ 你找死
我：:p
我：對了我發現一件事情
十：什麼事
我：我發覺我喜歡
我：逗你笑
十：逗我笑有什麼好　~~
我：但我更喜歡
十：……
我：惹你生氣　XDDDDDD
十：_____/
我：XDDDDDDDDDDDD
十：你真的討打　\口/

我：:p
我：如果不惹你生氣
我：又怎會有機會
我：再讓我逗你笑呢
十：…………
十：我想講
我：唔？
十：我是不會喜歡白雪雪的泰仔囉　XDDDDD
我：………………………　～＿＿～
我：但白雪雪的泰妹我無比歡迎啊　:p
十：…………
十：好色！　＼口／
我：男人不好色，也是騙你的吧　=__=
十：哼，你繼續好色啦，我去洗澡！　＼_／
十：不要偷窺我　＼_／
我：…………　～＿＿～
//

8月1日　星期五

//
十：Hi　^^
我：Hi～
十：怎麼近來不見你畫插畫？
我：因為沒有時間
十：近來很忙吧　:p
我：哈哈
十：你看了《復仇者聯盟》沒有？
我：啊，看了
十：好看嗎？　^^
我：好看

我：你呢，看了沒有？
十：還沒看呢
十：那次真不好意思，不能和你去看
我：沒關係啊
十：下次請你吃飯補償吧
我：好呀　=)
十：是了
我：？
十：為什麼你喜歡用「=)」這個笑臉符號？
我：沒有原因啊……只是習慣了
十：最初是誰傳染你的？　:p
我：沒有啊
十：真的嗎……
我：真的沒有　=)
十：是嗎……我習慣用「^_^」這個笑臉
我：我有留意到　=)
十：這是我跟男朋友經常用的符號
我：怪不得你這樣問我啦
十：現在是我用的比較多　^_^
我：是帶點無奈的笑容嗎？
十：為什麼你會猜到？？？？？
我：不知道，直覺　=)
十：很神奇　@o@
十：其他朋友都不曾察覺到呢
我：哈哈是嗎
十：那你的「=)」又是無奈的笑容嗎？
我：沒有啦，是真的在笑
十：那我以後跟你短訊時，改用「=)」好了……　:p
我：哈哈，你喜歡　=)
十：=)
我：=)
十：好啦我要睡了　=)
我：好的，晚安　=)
十：晚安　=)
//

現在回看，是從這一次開始，
我們出現了會用「=)」這個笑臉，
來表達快樂的這一種默契。

有別於爆笑時的「XD」，
當大家都是用「=)」的時候，
就會覺得對方是真的在對著螢幕另一端的自己在微笑，
是希望讓對方知道，自己是真的快樂，
也希望能夠讓對方一樣的快樂；
即使從來沒有肯定過，但到最後，
我們還是如此的相信著，
一直用這一個笑臉，來跟對方說再見、晚安。

雖然故事的最後，
我們的對話還是變成了無疾而終。
雖然這一切，可能只是我自己一個人想得太多。

8月4日　星期一

決定要與舊訊息從此道別。

每次看舊訊息，都忍不住泛起笑容。
那些幽默對話，那些沒言明的情愫。
只是每次看完，會有更多的失落感，
那種空虛對比，往往教人更難承受。

人有時喜歡回望過去、懷念以前的美好，
只是如果太過沉溺，就很難再回到當下。

再見，不要再見。

8月 10日　星期日

詠思說下星期想幫我慶生。

很感謝她有這番心意。
只是不想讓她有太多期望。

最近她偶爾都會打電話給我，
沒什麼特別的話題，就只是想到什麼就說什麼。
記得以前跟她在一起的時候，
我們也會這樣通電話。
那時會以為，這就是我們戀愛的全部，
就算有時平淡，但感覺自在，
那就是我們的生活，將來也會這樣如此下去；
只是後來才知道，這原來只是一個段落，
之後她中途離場了，
之後我也才開始明白，
即使是同一件事情，但發生在不同的人身上，
原來可以有更多意想不到的面貌，甚至更耀眼的火花。

我很感謝在自己的生命裡，
能夠遇上詠思與阿十，
是她們教會我這些事情，
也令我明白有些事情始終不可勉強，
只能順其自然，
例如到最後，與自己繼續一起走下去的人，
可能是另一個尚未出現的人；
就算此刻她是你的最愛，
就算將來你始終都不能夠放下這一個人。

8月20日　星期三

//
我：你時常跟別人這樣事先去說生日快樂的嗎？
十：我才沒有你這麼無聊啊！
我：……那樣無聊的事情，好像是由你而起呀
十：……不知道之後是誰更加無聊，跟我預祝明年中秋節快樂、重陽節快樂　__/
我：哈哈哈，以彼之道還施彼身
十：我知道了！
我：知道什麼？
十：最初一定是因為我感應到你的無聊，所以才會跟你預祝生日快樂！！！
十：原來是你的無聊傳染我　XDDDDD
我：……………你真的很無聊啊　XDDDDD
//

還是破戒了。
就當是送給自己的禮物。

8月30日　星期六

最近她的臉書，
總是出現和子杰的合照。
一起去吃東西、騎單車、
兩張電影的票根、看五月天的演唱會……
她的每個更新都總是會有他的按讚或留言。

是我多心，還是後知後覺？
要問他嗎，直覺上叫我不要去問。
反正，已經再與我無關了，不是嗎？

9月4日　星期四

她去了澳門。
他也去了澳門。

沒有人告訴我。
只是臉書分別顯示，他們打卡時的位置而已。

不必多想。
不要再亂想。

9月9日　星期二

我想，他們應該是已經在一起了吧。

她的臉書：

「回味與你碰上再點起　初戀幻想
　像是做夢又似真　只想能找到方向
　感激尋回了　仍能情深愛上」

他的臉書：

「喜歡你　我最清楚這感覺　從前你是你　從前我是我」

9 月 11 日　星期四

「我想，你們是應該已經在一起了。
　能夠遇上一個自己喜歡、也喜歡自己的人，
　是一種不容易得到的福氣，
　要好好珍惜啊，知道嗎？
　我也會祝你們永遠幸福。
　雖然我們如今已經無話可說，
　也許你未必還會在乎我，甚至記得我，
　也許自始至終我都不過是你人生旅途上的一個過客，
　未可在你的生命裡留下太多值得回望的記憶，
　但我還是想讓你知道，是你讓我明白，
　什麼才是真正的開懷、快樂，
　在我感到最灰暗無望的時候，
　竟為我的生命留下無法磨滅的燦爛色彩。
　能夠遇上你，是我這一生中最大的運氣。
　就算你如今未必還會在乎、將來也不會念記，
　但我還是希望你知道，
　只要你可以開心幸福，我就已經心滿意足，
　只要你喜歡的人，會懂得對你好，
　那就已經足夠了⋯⋯

　最後，感謝可以於茫茫人海裡，
　有幸遇上你，給我溫柔，
　還有那一個溫暖的笑臉⋯⋯
　這是我今生最大的福氣，謝謝你。
　再見。」

這天早上；
我在訊息欄裡輸入了這一段話，
想傳送給她，
但最後，我還是捨不得按下「發送」⋯⋯

是因為我不能夠好好地祝福嗎？
還是其實，
我是捨不得讓這一份思念就此完結⋯⋯
然後又怕，

自己的這個短訊，會對她造成更多困擾，
也怕自己想得太多，
最後只能換來她的已讀不回，甚至不讀不回⋯⋯

唉。

9 月 15 日　星期一

一年。

9 月 16 日　星期二

昨天晚上，
我一個人去了一年前那間 KTV。

沒有光顧，
就只是經過店外，徘徊了一下。

說是回味，還是留戀。
也許我是一個太喜歡留戀過去的人。
以前詠思離開，我也是這樣。
現在她不在，我也是如此⋯⋯
其實只不過是自己不敢再追。
有人說，所謂等待，
其實不過是讓自己死心的一個過程，
不是等那一個人，而是等自己終於可以成長。
我不知道自己是否真的有成長了一點，
只是不想自己會再為她而執迷下去，
只想明天醒來的時候，
可以下定決心笑著說拜拜。

9月21日　星期日

//
十：Hi
//

9月22日　星期一

沒有想過，還可以再與她通短訊。

//
十：Hi
我：Hi
十：忙嗎？
我：沒，在上網
十：嗯
十：近來好嗎？
我：還是老樣子
我：你呢，聽說之前你換了工作
十：是啊
我：做得好嗎？
十：還好，只是有時較忙　=)
我：那不就跟以前一樣？
十：是呀，但總算是忙得開心　=)
我：那也好
十：你呢，還有畫畫嗎？
我：暫時沒有畫，可能明年有空時才畫
十：如果不畫，實在可惜呢
我：總會有再畫的一天
十：嗯　=)
我：嗯
十：會打擾到你嗎？

我：不會，只是有點不習慣
十：不習慣？
我：嗯
十：那下次再聊　=)
我：好呀
十：晚安　=)
我：晚安
//

之後回看這段訊息，
不禁問自己，為什麼自己的態度會這麼防備……

是因為不相信，她還會來跟自己問好，
然後又會亂想，她是不是有別的用心……
其實最初是她突然不作一聲就疏遠了我，
現在又來問好，她又有想過我的感受嗎？
是覺得現在可以做回朋友，
所以就隨便傳一個短訊來，
以為你會輕易再投入她的世界裡？
還是她只不過是純粹的突然想起，
就只是單純的普通問候，沒有太深入的思考，
也沒有半點她也分不清楚的感情……
就像臉書的生日提示一樣，
朋友生日了，於是我們就跟著去對方的臉書留言，
說生日快樂、問一聲好，
當中不含有多少感情，就只是機械式的繼續聯誼交好……

是我想得太多。
不應該想得太多。
只是這一個問好，
卻又勾起了許多的煩惱。

9 月 26 日　　星期五

//
十：在做什麼呢？　=)
我：沒啊，在畫畫
十：會打擾到你嗎　=)
我：不會
十：加油，你畫完會放在臉書嗎？
我：不一定
十：為什麼？
我：其實也是看情況，有些畫完覺得比較私人，就沒放
十：唔……就像私人珍藏？
我：高清無碼版
十：XDDDD
十：你怎會聯想到這些　XD
我：只是碰巧想起而已　=)
十：你終於笑了……
我：……很奇怪嗎？
十：不，只是有點懷念而已
我：……
我：其實為什麼突然又來短訊？
十：我也不知道為什麼
十：只是不想繼續看著屏幕閃亮
我：兩個人一起看
十：什麼都不談只敢打著官腔
我：你還是一樣無聊呢……
十：只是配合你吧　;p
我：唉
十：為什麼嘆氣？
我：我也不想再繼續看著屏幕閃亮
十：為什麼呢？
我：也許只是因為累了吧
十：那
十：早點睡吧
我：嗯
十：=)
//

10月1日　星期三

其實我也不清楚，現在和她是怎樣的關係。

這幾天又好像回復了以前，
會和她時常在短訊。
只是密度不會像以前那樣，
通常都是在晚上臨睡前，或中午吃飯的那段時間，
也不會再等到凌晨、對抗著睡意也捨不得去睡；
彷彿大家都變得抽離了一點，
不再像以前般想到什麼都笑什麼，
不再像以前那樣歡樂。
也許，她也只不過想和我重新友好，
作為朋友，就本來應該只會去到這種程度，
以前那些太過開懷太過溫馨的對話關注，
根本就是已經超過了她的界線。
既然如此，我又何必要去期望太多，
更何必要去想得太清楚。

想想，自己也許不過是和她比較談得來的朋友。
而她也不過是，偶爾懷念以前有過的愉快時光而已。

10月8日　星期三

又也許，在和她短訊的人，
從來就不只我一個。
傳她短訊，她不會再像以前那般快速回覆，
雖然她在線，但有更多時是在她離線之後再在線時，
才得到她的回覆。

或者是我太計較。
然後當愈是清楚自己的缺點，
就愈會變得討厭自己。

10 月 16 日　星期四

看著他們合照裡的笑臉，
她笑得這麼自然開懷，
我又何曾比得上他。

10 月 24 日　星期五

//
十：明天有事做嗎？　=)
我：沒呀
十：想看電影嗎
我：看哪齣電影？
十：《美國隊長》　=)
我：你還沒看嗎？
十：沒呀，你已經看了？　T__T
我：不，我還沒看
十：那我們一起去看吧　^__^
我：嗯，好呀
//

其實，再看一次也不是不可以……

10 月 25 日　星期六

有些事情永遠都不會變。
只是有些事情，還是已經變得面目全非。

不變的，是她的笑臉聲線，
她身上的香氣，她嘟嘴時的表情。
只是有過的默契，卻彷彿以後不再重來。
她換了新的手機，不再是用 Android 了。
沒有話說的時候，會拿出手機來看短訊，
其實我也一樣，是我們都在掩飾自己的無話可說，
還是在另一邊有更重要的人需要回覆……

電影散場後，問她電影好不好看，
只是她有點心不在焉，也沒有答好不好看，
卻忽然問我餓不餓、要不要一起吃晚飯。
逛了一會，在一間餐廳吃了晚飯，
只是我們說話也不太多，
總覺得不能夠再像以前那般自然，
有些話題有太多避忌，
例如，她的感情生活，
又例如，我們為什麼會突然關係轉差……

或者我不應該去計較這些，
她其實已經釋出很大的善意了，
只是在這樣的她之前，
我又會覺得自己實在太小器、自愧不如。
不是想要去比較，
但還是會下意識地去想，
她和他一起應該會更自在吧……

最後吃完晚飯，我送了她去車站。
在等候的時候，我們也是沒有話說。
等了一會車就來了，我目送她上車，
心裡有點期望，她會不會也像以前一樣，

當找到座位坐好的時候，她還會跟車外的我揮手告別；
以前她總是喜歡這樣，曾怪我不理會她就逕自轉身遠走。
只是這次她坐好後，再沒有轉頭過來向我告別，
而是拿出手機，大概又是要回覆別人的短訊……

我忍不住低頭苦笑了，其實我也太小器，
我還是會對她這個人期待得到太多……

10 月 26 日　星期日

//
十：謝謝你陪我看電影
我：謝謝你約我才對
十：嗯
十：我們都變得生疏了
十：=)
我：不是生疏了
我：只是，會有保留吧
十：是我不好
十：對不起
我：不用對不起
我：現在的問題，也不是你的問題
十：我不明白
//

我沒有再回答她。
不想自己的問題，讓自己在她面前變得更加卑微……

11月3日　星期一

在短訊裡，
她對你說她要睡了，
你只好跟她說晚安；
然後一個小時後，
你看見她的狀態仍然不斷在線又離線，
然後再發現他的狀態也是一樣……
最後你終於等到他們都真正離線，
只是你也變得再難以入眠。

不要小器不要小器不要小器不要小器不要小器
她不是你的誰她不是你的誰她不是你的誰她不是你的誰

11月8日　星期六

有時候，明知道不應該去比較太多，
再比較，也不會讓她對你更加在乎，
想太多，就只會讓自己更心亂疲累。

其實就算不再曖昧，不再做朋友，
也不代表關係會就此終止。
有種關係，不聞不問，
但仍然可以遠距影響對方，甚至折磨。
大家的共通朋友總會為自己帶來一些對方的消息，
令本來應該放下的思念與執迷持續下去。
也許你以為自己還可以選擇，
去做一個朋友繼續守護對方，
只是對方卻未必想如此。
你對人好一些，對方可能會認為你過界；
對人沒以前好，對方又會覺得你小器，
而明明你的身分是不應再對人這麼好……

是的，我知道自己又再想得太多。
只是當看到，自己明明與他沒有什麼不同，
但她在乎的尊重的喜歡的珍惜的都是他，
而疏遠的冷淡的不解的忽視的始終是我，
我只能盡力讓自己不再打擾，
不要讓自己的情緒因為他們合照裡的笑臉，
有太多激動、或唉聲嘆氣，
不要再追看再在乎再計較再苦笑下去，
這是對她的最後溫柔，這也是讓自己可以死心的唯一方式。

11月15日　星期六

//
十：記得今天是什麼日子嗎？
我：十一月十五日？
十：還有呢　=)
我：還沒發薪
十：…………
我：唉
十：算了
我：對不起
十：不關你事，不打擾你了
我：我記得今天是什麼日子
十：你真的記得嗎？
我：記得
我：但我記得，又真的好嗎？
十：沒什麼好或不好
十：只要我們還記得，就已經足夠　=)
我：嗯　=)
我：明天有空嗎？
十：做什麼？
我：想約你吃飯　=)
十：抱歉，我已經和別人有約……
我：沒關係
十：下次我們再約吧　=)
我：嗯
//

11 月 17 日　星期一

子杰在他的臉書裡,
貼上了昨天和阿十去吃甜品的照片。
照片上還寫道:羨慕吧?

呼。

11 月 22 日　星期六

其實每個假期,他們都幾乎會見面。
去做義工、去騎單車、去逛街、去吃東西……

他們的合照很多。

雖然他們沒有表明是男女朋友關係。

只是卻有一種氣氛,他們比情人更加要好……

11 月 28 日　星期五

//
十:還不睡?
我:睡不著
十:我也是　T__T
我:已經一點了
我:為什麼睡不著?

十：不知道，只是在聽歌，愈聽愈睡不著

我：在聽什麼呢？

十：〈夜曲〉

我：又是周杰倫

十：被人傳染了嘛　=)

我：我最近都很少聽他的歌了

我：他也愈來愈少新作品

十：都結婚了，自然沒有時間　=)

我：或許吧

十：你呢？

我：我？

十：你幾時又會有新作品？我一直在等你的臉書有更新　=)

我：最近變得不太想用臉書

十：為什麼呢？

我：只是不想自己胡思亂想太多

十：唔

我：其實……

十：是？

我：為什麼你會回頭找我呢？

十：你之前不是問過了嗎？

我：但之前你也沒有答案

十：那你呢，為什麼你又願意回覆我？

我：我也不知道原因

十：　=)

我：最近和子杰好嗎？

十：為什麼這樣問？

我：因為在你臉書經常見到你們的合照

十：唔唔

十：我和他就只是朋友

我：是嗎？

十：是

我：就像我們一樣嗎？

十：……

十：竟然不知道應該怎樣回答　T__T

我：沒關係，不用勉強

我：可能我也不想知道真正答案　=)

十：唉

十：那你呢，你跟詠思好嗎？

我：還是跟之前一樣
十：我看你們也去了南丫島呢
我：是啊
我：唉
十：換你被我傳染了唉聲嘆氣　:p
我：這就是我們如今的默契呢
十：那至少，還有默契
我：嗯
十：好啦，快點睡吧，快兩點了
我：你呢？
十：我也要睡了
我：不會之後又在線嗎
十：不會　=)
十：但如果你想找我聊，我會立即回你　=)
我：對不起……
十：為什麼對不起？
我：沒有，只是我自己想得太多　=)
十：傻瓜　=)
十：晚安　=)
我：晚安　=)
十：~
我：~
//

11 月 29 日　　星期六

如果能夠一直如此心意相通
那麼就算將來會變成怎樣
那又有什麼所謂，你說是嗎？

12 月 5 日　星期五

//
思：近來你又重新畫畫了？　^^
我：有空就畫　=)
思：心情好像變得好一點了？
我：有一點
思：你是跟她和好了吧　^_^
我：她？阿十？
思：是呀　^^
我：也許吧……
思：和好了，不就好嗎
我：希望如此
思：要加油啊
我：謝謝你　=)
思：^__^
//

12 月 10 日　星期三

阿十問我，記不記得她的生日 patry。
我說怎會不記得。
然後她問我，會不會出席她的生日 patry。

她的生日 patry……

嗯，她的生日 patry，聽其他舊同事說，
這次是子杰為她舉辦的，
他已經訂了在一間會所吃自助餐，
而且還有獨立房間及 KTV，
玩通宵也可以，而且他家就在附近，
隨時可以上去休息。

我說，我再想想。

她也沒有勉強。

12 月 11 日　星期四

去年，
幾經辛苦才在美國一個拍賣網站裡，
搜尋到她的禮物、託朋友幫我帶回來；
想不到這一年，
那個應該已經絕版的小王子耳環，
竟然又重新復刻發售，而且加工得更漂亮……

忍不住失笑了。

12 月 12 日　星期五

//
十：你來不來啊　\＿/
我：你想呢？　=)
十：當然想　-_-
我：好吧，謝謝你的邀請
十：賞臉賞臉
我：承讓承讓
十：欽敬欽敬
我：…………無聊無聊
十：XDDDD
十：不用買禮物送我啊，你來了就好　=)
我：算啦都已經買了
十：真的嗎？謝謝你，期待期待　=)
我：………………找死找死　=＿＿＿＿＿＿＿=
十：XDDDDDDDD
//

12月16日　　星期二

晚上八點，正要出發去她的生日 patry，
在車上用手機打著這一篇日記。
其實 party 是從六點開始，
但不知為何，我不想太早前往，
結果在街上漫無目的地逛了一個小時，才搭車出發。
她不時發訊息來問幾時會到，説大家都到齊了，
説想等我也來到才開始切蛋糕……
我説快到了，就快到了，
只是心裡又忽然想起，
其實這一年來，我也跟舊同事們愈來愈少見面……
他們辦過很多聚會，我都沒有出席，
有時是因為我沒有心情見人，
有時則是後來我才知道他們沒有叫我參加……
跟他們愈來愈少話題，我愈來愈變得像一個外人……
是的，我知道，
其實是自己的比較心又在作祟……

12月17日　　星期三

只是當我去到會所，打開房門，
看到她身邊坐著的，就是子杰；
然後大夥説人到齊了可以唱生日歌，
吹蠟燭、許願、切蛋糕，
然後子杰拿出他的生日禮物，
叫她當場拆開，
她有點不好意思，但還是小心翼翼地將包裝拆開了，
然後見到裡面的是一對小王子耳環，
是重新復刻的那一款……

然後他在大家面前幫她戴上了，

她沒有拒絕，大家都起鬨叫好，
我也一起叫了；
然後，
在大家不注意的時候，
悄悄地離開了。

就算她打電話給我，我也不想接聽。

其實…………………
我還在期待什麼呢？
他們是應該要在一起的，
而我自始至終，就只不過是和她談得來的朋友，
在短訊以外，我們並不比其他朋友要好，
也並不真的十分了解彼此；
有時看著她的照片，
也不覺得自己和她真的相襯。

相比之下，子杰是一個樂觀的人，
懂得說話，細心，又有自信，
和她認識又久，
比其他人更懂得如何對她好……

數著數著，
更覺得沒有什麼事情可以比得上他。

這天早上，她傳來短訊問我：

//
十：為什麼昨天你突然走了？
我：只是突然有點要事，抱歉
我：後來大家玩得開心嗎？
十：……
十：還好
我：那就好

十：但我還沒聽見你的生日快樂
我：生日快樂
十：……
十：謝謝
我：不客氣
十：我可以打電話給你嗎？
//

我沒再回覆她。

也許她會有她的解釋。
又也許她根本就不需要解釋。
只是我突然心裡感到無比厭倦。
不想再思考，不想再煩惱。
也不想再讓自己執迷下去。

12 月 18 日　星期四

凌晨兩點零六分，她在臉書貼上了這一段：

//
你不問，我不解，
有些誤解與敵意，
就是這樣開始悄悄萌芽。
即使我們曾以為，
會一同去改變這世界；
但想不到的是，在改變世界之前，
被改變的反而是我們，
你有多少委屈，我不會再去過問，
我有多少鬱結，你也不會再去了解。
我們之間有過的默契與信任，
早在太多的流言蜚語間消磨殆盡，
只剩下不變的成見與疙瘩，

提醒我們不要再為對方浪費更多心機。
你真的變了嗎，我真的不在乎嗎？
我不問，你不解，
別再執著了吧，一起放棄好嗎？
在夢裡你對我說，這是我們最後的默契，
我不想相信，但還是叫自己學習適應了。
但如果你還會對我有半點在乎，
請聽我再說最後一次……
我們之間最大的問題不是沉默，
而是不知道從什麼時候開始，
我們竟然再提不起勇氣去重新相信彼此。
//

然後在兩點零七分，就看到了他的按讚。

12 月 19 日　星期五

臉書上都是他們當天的二人合照。

我在不在其實也不重要。
我在不在其實也不重要。
我在不在其實也不重要。

12 月 20 日　　星期六

看回之前寫過的這一段日記：

//
只要你可以開心幸福，我就已經心滿意足，
只要你喜歡的人，會懂得對你好，
那就已經足夠了⋯⋯
//

再對比現在這一刻的心情，
我終於知道，原來自己還是沒能夠真心誠意地，
為他們送上祝福。

勉強祝福，只會讓自己變得更加可憐。
但是再勉強糾纏、討多一點憐憫，
又是否更可悲？

12 月 21 日　　星期日

「其實你喜歡她嗎？」她問。
「現在這問題還重要嗎？」我苦笑。
「重要，當然重要。」
「但是我們還是不會在一起。」
「為什麼呢？」
「或者是我自己的問題，我很難忘記她的突然疏遠、忽冷忽熱。」
「你怕自己只不過是被她玩弄嗎？」
「也許她未必有心如此，但⋯⋯我已經會先入為主地如此認為了。」
「你也知道自己是先入為主呀。」她笑說。
「知道是一回事，但接受是另一回事。」我嘆氣。
「其實我覺得，她是喜歡你的。」

「為什麼呢？」

「雖然我不認識她，但我知道，你不會因為一個對你沒有感覺的人，而願意被改變到這一種地步。」

「你說得很玄呢。」

「也許你自己不知道吧，以前的你，是不會對人說笑的。」

「不是不會，只是……沒有誘因突然去說吧。」

「那麼，是誰給你這點誘因呢？」她定睛看著我。

我不知如何回答。

「再者，如果你能夠換個角度去想，你覺得她對你一直都若即若離、不能肯定她是否喜歡你，那麼也許她也是一樣，不能肯定你的心意，因為你從來也沒有向她坦白呀。」

「我可以如何向她坦白？她身邊一直都有著別人，以前是男朋友，現在是子杰……」

「那只是你的藉口罷了。」

「……」

「一個給自己逃避去面對、承認的藉口。」

「我逃避了什麼呢？」

「你喜歡她嗎？」她又再問我。

「我不知道……」

「這就是你逃避著的事情了。」她笑了一下，又說：「你不敢向她甚至對人承認，你是單戀她，因為你沒得到她的認可、也不知道她是否也喜歡自己，但其實如果你從不去向人表示你的心意，也是不可能換得對方的認真。就算是接受也好、拒絕也好，也先要你願意走出一步，對方才可以給你相應的回答。但我們很多時候都會期待對方先走出這一步，不想讓自己先冒險，然後等得愈久，就漸漸會忘記了初衷，愈是不想冒險，勇氣就變得愈來愈少……」

「你怎麼好像有點感觸。」我說。

「因為我不希望自己喜歡的人，也跟我一樣變得膽小。」

我看著她，她看著我在笑。

「你是說笑吧？」

「哈哈，你還當我是說笑呢。」她轉過身來，正面看著我，說：「簡志民，其實自一年前我在月華街見到你出現在我家的樓下，我就重新對你有感覺了。只是你們相遇的時間，比我們再遇見的時候來得要早，又或者應該說，是當初我不懂得珍惜讓你離開了我。但我還是很希望讓你知道，我對你的感情。即使可能以後，我們不會再這樣面對面說話，又甚至是，你不會再

理會我的短訊來電、不肯見我，但我現在都不想去想太多了……」

說到這裡，她低下頭來，輕輕吸了一口氣，然後又再重新抬起臉，微笑對我說：

「簡志民，我喜歡你。」

「你喜歡我嗎？」

她問我。

我呆住了。

不是因為她表白的內容。

也不是因為她原來早已知道我一年前曾在月華街夜遊。

而是因為，她這一次決定對我表白，那背後的真正原因……

「蘇詠思，我也喜歡你。」

她笑了，輕輕地。

我心裡感到一點悲傷。

「那麼，阿十呢，你喜歡她嗎？」

她又問我。

其實她本來不必再問我這一個問題。

但她還是希望我會對自己坦白……

「謝謝你，我現在知道答案了。」

我看著她回答。

「那就好。」她呼口氣，然後站起來。「快點去找她吧，讓她知道你的答案。」

「我會的。」我仍然坐著，看著她的側臉說：「謝謝你。」

「傻瓜，說那麼多謝謝做什麼。」她沒有回過頭來，繼續說：「我先走了，這一餐讓你買單，當作你答謝我吧，可以嗎？」

「可以呀。」

「那，再見了。」

「再見。」

然後，她背對著我，從餐廳裡離開了。

我看著她的背影，直至消失在海邊的盡頭。

她不是希望得到我的喜歡，或是答案。

也許她其實早就已經知道答案。

但她這天還是鼓起了勇氣，特意約我出來，去問我的答案。

為的，是希望我也可以重拾勇氣、繼續向前。
為的，是希望自己可以從此死心，別再執迷。

我這個人，怎麼值得她的如此愛護。
又怎麼可以，辜負她的如此溫柔。

12 月 23 日　　星期二

//

我：在嗎？

十：一直都在

我：一直都在幹嘛？

十：等著某人來問我在嗎

我：那麼等到了嗎？

十：還好，終於等到了

我：對不起

十：為什麼對不起呢？

我：一直都沒有找你

十：你現在有來找我，就可以了

我：嗯

我：想問你，平安夜，你有空嗎？

十：……有空，你想約我？

我：去年的交換禮物，我想再送給你

十：那生日禮物呢？

我：哈哈，明年再送吧

十：明年？小器！　＼＿／

我：我今年也沒有收到你的生日禮物呀

十：小器小器小器小器小器小器呀　＼口／

我：如果明年可以，再補送給你吧

我：但我想先將去年的聖誕禮物，送回給你　=)

十：好啊，我也可以將去年你的聖誕禮物，補送給你

我：你還保留著嗎？

十：一直都保留著　=)

我：為什麼呢？

十：不知道呢……
我：=)
十：=)
我：聖誕節你會去哪裡玩？
十：沒要去哪裡，25 日那天約了子杰
我：……………
十：哈哈，我約他，就只是想還他一些東西啊，不是約會
我：我什麼都沒有說啊
十：從螢幕都可以感受到你的醋意　XD
我：\ _____ /
十：XDDDDDDDD
我：唉
十：嗯？
我：沒
十：古怪
我：:p
十：好了，要睡啦，不聊了
我：嗯，明天見
十：晚安　=)
我：晚安
//

然後，她的狀態變成離線。

我從抽屜裡拿出那一份屬於她的聖誕禮物——
《女也》。

一張將五月天的十首歌曲重編演繹、編集而成的專輯。

裡面的第四首歌，我知道她很喜歡。

也是我最喜歡的一首歌。

關 於 他 和 她 的 另 一 些 故 事

http://410_____.blogspot.com

在　我　們

忘　記　之　前

book of His Story ｜ 簡志民　　　　　　　　　　　　　MIDDLE 作品 03

在我們忘記之前 / middle著. -- 初版. --
臺北市：春天出版國際, 2016.07
　面；　公分. -- (Middle作品；3)
ISBN 978-986-5607-49-4(平裝)
857.7　　　　　　　　　　　105010818

本書由香港格子盒作室gezi workstation授權出版

・本故事純屬虛構・

作　　　　者	middle
總　編　輯	莊宜勳
主　　編	鍾靈
協　　力	阿丁@ 格子盒作室（香港）
封　面　設　計	莊謹銘
排　　版	三石設計
出　版　者	春天出版國際文化有限公司
地　　址	台北市信義路四段458號3樓
電　　話	02-7718-0898
傳　　真	02-7718-2388
E － m a i l	story@bookspring.com.tw
網　　址	http://www.bookspring.com.tw
部　落　格	http://blog.pixnet.net/bookspring
郵　政　帳　號	19705538
戶　　名	春天出版國際文化有限公司
法　律　顧　問	蕭顯忠律師事務所
出　版　日　期	二〇一六年七月初版
	二〇一七年二月初版二十九刷
總　經　銷	楨德圖書事業有限公司
地　　址	新北市新店區寶興路45巷6弄6號5樓
電　　話	02-8919-3186
傳　　真	02-8914-5524